わが回想の記

横田 一萬
YOKOTA *Kazuma*

文芸社

目次●わが回想の記

入隊から復員まで

私が昭和十八年十二月四日に入隊した大竹海兵団は、広島県の山口県境に近い、鉄道の山陽本線と瀬戸内海に挟まれた細長い土地にありました。

ここでの予備学生候補としての約三カ月の訓練は、軍人としての基礎的学習と、体力づくりが主で、学習の後では必ずといっていい程試験が行われていましたから、予備学生選抜の試験期間中だったように思います。

印象的に脳裡に残っていることといえば、対岸の厳島神社のある宮島までへの、班対抗の往復のカッター競争でした。それぞれ二十人乗りの各班のカッター十艘くらいが、号砲で一斉に海兵団の岸壁をこぎ出しました。ちょうど海峡の中間あたりにさしかかった時、カッターの真ん中辺で漕いでいた私の前の座席の同僚が、直径七センチくらいの太さで長さ三メートルのオールを、疲れていたのでしようか、握力を失って流してしまいました。艇の後ろで舵を取っていた下士官の班長が、怒って「飛び込め！」と大声で怒鳴ると、間髪を入れず彼は漕いでいる人の間を縫って、班長のいる後尾に行き、流れるオールの方に向って、着のみ着のままで海に飛び込みました。

カッターはスピードが出ていたので、飛び込んだ所から流したオールまでは、既に三十メートル以上の距離になっていたでしょう。班長はカッターを急減速させながら、それでも二百メートルくらいも先に行った所でやっと左回転して、オールに泳ぎついて掴まって泳いでいる同僚の救助に引き返し、カッターに引き上げました。

二月も半ば過ぎの小雪の舞う海の上、私は自分の上着とズボンを脱ぎ、同僚の濡れた着衣を脱がせて着せましたが、軍隊は日常が命がけで、お互いが助け合わねば生きていけない所だと思いました。

三月の始め、一部の人は航空予備学生に、私達の多くは一般の予備学生に採用され、三浦半島先端近くの武山《たけやま》海兵団に移りました。訓練の厳しさにも大分馴れた桜の咲く頃、親族との面会が鎌倉八幡宮で許され、両親と、思いがけず呉の軍需工場にいた弟が来てくれました。

その時は予想もしなかったことですが、弟と会ったのはそれが最後でした。弟は南支に出征、終戦後南京に抑留され病死したようで、終戦後二年目に広島復員局に未帰還の弟の消息を尋ねに行き、白木の箱に入れられ棚に置かれていた弟の遺骨を見つけ持ち帰りましたが、箱の中は頭髪と爪だけでした。

鎌倉で両親が持参してくれたボタ餅をおなか一杯詰め込んだら、隊に帰っての夕食は食えず、翌日は下痢で困りましたが、この頃は皆が烈しい訓練でいつも空腹で、隣のお碗の盛りつけを横眼で睨んだものでした。

　また横田のヨはアイウエオ順では後の方なので、ラッパによる一斉起床でのアイウエオ順に並んで吊った就寝用のハンモックの収納は大変でした。私は収納場所が一番遠かったため、ある時収納順に一列に並ばされ、一番後になった私が罰として、司令部前の旗竿をハンモックをかついで回ってこいと隊長に命ぜられました。四十分くらいかかったでしょうか。やっとのことで旗竿をハンモックをかついで回っていたら、武山海兵団の副司令として勤務されていた高松宮殿下に出会いました。左手でハンモックをかついだまま歩調をとって右手で挙手の礼をすると、きちっと答礼して下さって、「どうしたのだ?」と声をかけて下さいました。「一番遅かったので罰です」と申し上げると、ちょっと笑われたようでしたが、隊の中の予備学生で宮様に声をかけられたのは、おそらく私一人だったと思います。

　班に帰ったら皆は朝食を済ませ、授業を受けに出発するところでしたが、隊長は私を待っていてくれたようで、宮様に声をかけられたことを報告すると、「ゆっくり食事をして来い。授業の方は遅れてもよいから」と言ってくれました。

六月に入ってから武装して銃をかついで、近くの衣笠山中腹の公園まで往復する班対抗の徒競争がありました。各班が三分間隔で出発、一番短い時間で完走した班が五十点、二番目が四十五点、三番が四十点の順で、但し途中での落伍者一人につき、その班の点数より三点減点するといったような競技方法で、私の班は後の方から走りました。走っている途中で、私は先に出発した班の中で遅れた者の中に、喉が渇《かわ》き胸が熱くなって、両手をついて青田に首を突っ込み、田圃の水を飲んだり、胸に手で水をかけたりしている者を見かけました。また落伍して班の他の者に申し訳ないと、腰につけた銃剣を抜いて切腹すると自分の腹に突き立てて死のうとした者もいたと後で聞きましたが、訓練は苛烈をきわめました。

六月の末頃、それぞれ専門分野への配属が決まり、私は房総半島先端に近い館山砲術学校へ転属になり、陸上の砲台勤務を予定した訓練を受けました。

館山での苦しい思い出は、八月に熱い太陽に焼けた海岸近くの砂の上を、匍匐《ほふく》前進（腹ばいになって這《は》って進むこと）での攻撃訓練で、膀胱炎にかかり小水が出ず、三日くらい休んだことでした。

館山は米国の艦載機の夜間東京方面襲撃のちょうど通路に当っていたようで、山裾に掘られた横穴の壕への退避が、始めは週一回くらいだったのが、次第に頻度を増していき、時には週三回、一晩に二回も空襲警報のサイレンが鳴るようになりました。こう大急ぎで服を着ての避難を繰り返していると、昼間の訓練の疲労と夜の寝不足で、朝の講義でもこっくりこっくりと船をこいでしまい、教官に怒られる始末でした。

　正確な記憶ではありませんが、教育期間も終りに近づき、一泊二日の休暇が十月下旬に与えられることになりました。近くの人はそれぞれの実家に帰り、名古屋・大阪近辺の人は手紙を出して、両親等に東京や千葉周辺に来てもらって、落ち合ったようでした。私は故郷が広島県の田舎でしたので、両親に鎌倉に来てもらった時のように今一度来てもらうことは、戦局も緊迫している上に、汽車の切符の入手にも困難が伴うこと故、両親を始め誰にも知らせないで、成田山と銚子の犬吠埼への一人旅を考えつきました。

　成田では成田不動へ参拝して、家族と自分の無病息災、武運長久を祈願し、ゆっくり境内を散策して、汽車で銚子に向かいました。犬吠埼に着いた時はすでに夕暮で、灯台を夕闇の中に見ながら、行き当たりばったりに海岸近くの宿に入りました。ありふれた古い宿で、この宿の娘さんらしい人に案内されて二階に通されました。「誰か後《あと》から見えますか」と聞くので、「いや僕一人だよ」と言うと、多少けげんに思っているようなので、「二日間の休暇だよ」と言うと、安心したようでした。少ししてからお茶を持って来て、「しばらくお待ち下さい」と言って下へ降りていきました。

誰も来ないし、それに他のお客もいないようで、先程玄関で見た年輩の女性は、おそらくこの家の奥さんだろうと思いましたが、それにしても静かで男気《おとこけ》はないのかもしれないと思いました。もちろんこの御時世、しかも海岸沿いのこと、灯火管制下で雨戸は締めているし、部屋の明りも外に漏れないようにしているため、することもなく退屈になって座布団を折り重ねて枕にし、横になったら少しうつらうつらしたようでした。

体をゆすられたようで気がつくと、先程の娘さんが着物を着替えて、タオルと懐中電灯を持って、「お風呂にご案内します」と言いますので、軍服の上着と靴下を脱いで後に続くと、浴室は一階よりさらに下の地下にあるようで、浴室から海が眺められるように造ってありました。浴室に入ると、浴槽の周りは天然石が並べてあり、畳二枚分くらいの広さで、入口正面の真向いの海側に窓があり、暗幕のカーテンが引かれていました。

たった一人の客である私のために、こんな大きな浴槽の水を、小一時間近くもかけて温めてくれたのかと思うと、非常に申しわけないことをしたと思いました。ふだん予備学生の入浴は、ちょっとしたプール並みの浴槽に、何せ一度に何十人も入るためまるで芋の子を洗うようでした。たった一人でこんな大風呂とは私は果報者で、家に帰ったりホテルに泊って家族に会っている多くの同僚は、これ程の贅沢はしていないだろうと、手足を伸ばしながら一人でゆっくり悦に入っておりますと、先程から、脱衣所の方で何か小さな音がしていると思っていたのですが、急に入口の硝子戸が開いて、先程の娘さんが、タオルを持って裸で入って来るではありませんか。

洗い場で体を低くして桶で浴槽のお湯を汲み出し、体を洗って、タオルを桶の側《そば》に置いてスックと立上がって、私の左横の浴槽の中の踏石の所から、ゆっくりと浴槽の中に入り、海側の窓の方に行き、私から一メートルちょっと離れて、私に正対してゆっくりお湯につかったのです。

私のいることなど全く気にかけないように悠然としていて、彼女なりのふだん通りの振舞いのようでした。この地方では若い男女が同時に入浴する習慣があるのか知りませんが、私の方は全く予期しない突然の成り行きに、言葉を失って、何かしなければ、何か言わなければと思ったのですが、言葉が出てきません。私が長湯をしたためだろうかと思い、先に上がらなければと思いましたが、先程から美しい娘さんの裸を、一メートルちょっとの距離で眼の前にして、私の陰茎は勃起していて、とても娘さんの眼の前では立上がることができず、ジイッと我慢していましたら頭がカッカし、額から汗が流れてきました。すると娘さんが私の方を向いたままスーと立上がり、ゆっくりお湯の中を歩いて、先程彼女が入った踏石の所から上がって行きました。その間、私は眼のやり場に困りましたが、そう嫌なものを見るような態度をとるのも失礼と思い、ゆっくり拝見しました。私はその時、若い女性の裸体は本当に美しいの一語に尽きると思ったものです。

私の頭の中は、強烈な驚きで錯乱《さくらん》したようで、その後部屋で給仕をしてもらい、何か多少話をしたと思いますが、全く記憶がなく、娘さんの裸の個々の部分についても思い出せず、驚愕《きょうがく》して、世に言う「心焉《ここ》に在らざれば視《み》れども見えず、食《くら》えどもその味を知らず」の状態だったようです。

もちろんその夜は寝床に入っても、なかなか眠れず、宿の娘さん、そのお母さんの心情を忖度《そんたく》しましたが、二人とも自分の意志はこうだと、私が確認できるシグナルを、一つも残していないし、私の方も娘さんに好意を持っているという何の意志表示もしていません。娘さんが裸で私の入っている風呂に入ってくれたのだから、好意を持ってくれているのだと即断するほど自信がないし、それにこうした場合の娘さんに対する応対は一度も経験したことがなく、判断も決断もつきませんでした。もっとも、あと一カ月くらいで予備学生を終了して、戦場に臨むという立場上、娘さんへの無責任な行動は、私の性格上とれませんでした。

眠れず頭の冴《さ》えたところで、ふだん漠然とした意識の中で気にかかっていた戦場への不安、死について、今まで真面目に考えたことがありませんでしたが、今夜はこれらのことについて、とことん自分が納得《なっとく》するまで考えることにしました。

死とは何だろう、幸福とは何だろう、生きるとは何だろう、そしてこの三つはどういう関係にあるのだろう。

一晩中眠らずに考えた末、私が到達した結論は、大まかに言うと次のようなものでした。


私自身の死は、私自身が自分で自殺でもしない限り、その時期も、その場所も、その方法も、何一つ選択できないのだ。では、きめるのは一体どこの誰なんだろう。それは超人的能力のある者で、世の中の人が神だとか仏だとか呼んでいる者であろう。私の死について私に何一つ選択権がないのなら、私が心配したり、恐れたりすることは、よその借金やよその女房の美醜《びしゅう》を心配するようなもので、全く意味のないどうにもならない取越苦労だ。それならば私を支配する神仏におまかせして、心配しないことにしよう。そして不安がらないことだ。

では神仏が私に死とはいかないまでも、苦しみや悩みを与える時はどんな時だろう。すべてをお見通しの神仏のこと、私のやった悪事が、憎《にく》たらしかったらしく、それが生かしておくに値しない死を与える程の重罪でない時だろう。

反対に私が幸福だと自分で思える時とはどんな時だろう。自分の希望がかなえられた時だろう。では私の現在はどうだろう。これまで色々の欲望をいだいて、いつも全力でそれを達成しようと努力したと言い切れる程の自信はないが、まあまあ人並みくらいなところで、それが私が持って生れた能力相応なところと満足すべきものだろう。幸福とは分相応、能力相応のところで、自らを顧みて恥しくないくらいが、肩に重みがかからず幸せだろう。努力もせず、才能もないのに自分の地位なり、所有する財貨なりに不平を持ち、不幸だなどと嘆《なげ》くのは自分自身をよく知らない者だろう。

私の生死、幸・不幸を左右する神仏は、おそらく私が日常置かれた場での誠実さや努力の程度《ていど》を評価《ひょうか》して、幸せに生きている時間、苦しみながら生きている時間、もう生かしておくに値しないと決断する時の時間配分を判定するだろう。そしてそれは決して、依怙贔《えこひい》屓《き》はしないで正しく決めるだろう。なぜなら私が全部を信じて委任する全知全能の神仏だからだ。

一睡もしないで考えて、明け方に到達した結論はこんなものでしたが、これが私の信念だと思った途端《とたん》に、昨夜の浴室での宿の娘さんの裸体は、昨日昼間参拝した成田のお不動さんの化身《けしん》ではないかと思えてきました。きっと迷っていた私の前に、娘さんの裸体に化身して、私に安心立命を悟らせて下さったのだろう、そう思ったら昨夜の悩《なや》みはいっぺんに消え、体も頭も軽くなったような気がしました。

娘さんが風呂に入って来たことは夢でも作り話でもなく事実でした。おかげでそれに対して何の荷物も責任も背負わないで帰ることができました。

十月末、百名の成績優秀者が艦船要員として選抜され、横須賀海兵団に回され、艦船への乗組員としての特別訓練を受けました。私もその一員に選ばれ、十二月始めに少尉に任官、私は希望通り、戦艦長門への乗組みを拝命しました。十二月五日、先任者として同期の予備学生出の少尉四名を引率して、同じく横須賀港に停泊していた長門に着任。艦長室に伴われて、私は先任者として艦長に敬礼し、「横田少尉以下四名、ただいま着任しました。よろしくお願い致します」と大きい声で申告しますと、海軍少将で兄部と書いて「こうべ」と読む兄部勇次艦長が、私の腹にずしりと応える声で、「娑婆《しゃば》っ気を出すな」と一喝されました。今朝程任命された先任で、多少得意になっていた私の高慢に、頭から冷水をぶっかけられた形で、その後の艦長の言葉はうわのそらで何一つ頭に残りませんでした。戦艦の中は娑婆の常識は通用しない厳しい所だと肝に銘じさせられ、艦特有の生活に早く馴れないと、ひどい目に遭う所だと感じました。任官早々《そうそう》の少尉などは新兵の二等水兵と同じ扱いで、陸上で習ったことなど机上の空論でほとんど役に立ちませんでした。跣足《はだし》で椰子《やし》の実の殻を二つ切りにしたのを持ち、ズボンの裾をまくり上げ、腰をおろして、バケツで水を撒《ま》いた甲板を両手で磨きながら、足を交互に送り一列になった他の兵士に遅れないように進み、号令で反転して引き返し、そこが終るとさらに他の場所に進むため、力と気合を入れないと冬の海水のこと耐《た》えられたものではありませんでした。

二カ月くらい経過《けいか》して、多少艦内生活にも習熟したところで、艦橋横の二連装機銃の指揮官の地位につけてもらい、五名の部下の訓練を担当しました。一番気を使ったのは、新任少尉の担当で一週間に一度くらい順番が廻って来る艦長の上陸・帰艦の際の内火艇の指揮でした。戦艦の甲板は海面より二〇メートル以上も高く、舷側に降ろされた階段梯子《はしご》で、海面に浮かせた一平方メートルくらいの台に梯子の下を固定し、内火艇の乗降口をゆっくりとそれにつけるのですが、波がある時などは揺《ゆ》られて内火艇を強く打ちつけたり、ピッタリと着かず、何回もやり直すようだと艦長の雷が落ちはしないかと、着任の時の失敗があるだけに、いつもはらはらしたものでした。

最近私が調べたところを参考までに記しておきますと、戦艦長門は終戦後まで生き残り、米国により南太平洋のケゼリン群島で原爆の実験に使われました。㊙だったのか、資料の数字の多くが見つかりませんので、レイテ沖海戦で長門と一緒に戦って、不沈といわれながら二十発以上の魚雷と十七発以上の直撃爆弾を受け沈没した戦艦武蔵の数字を示して、これから十五ないし二十パーセントを引くとだいたい長門の数字に近いといわれるので、ここに示しておきます。

艦の長さ二六三メートル、最大幅三八・九メートル、六万八二〇〇トン、満載時七万一一〇〇トン、重油満載量六三〇〇トン、航続距離七二〇〇カイリ(一カイリは一八五二メートル)、速度二七ノット(一ノットとは一時間に一カイリ進む速度)、一五万馬力、主砲の口径四六センチで砲身の長さ二一メートル、三連装三基で九門、副砲口径一五・五センチで一二門、高角砲口径一二・七センチで一二門、搭載飛行機六機、乗員二三〇〇人、艦内の室数一一四七室、艦内は一三階建で、主砲射程距離四万一四〇〇メートル、艦橋の水面上の高さ四〇メートル。

私の調査でわかった数字では、主砲口径四〇センチ、連装四門を前後に二基八門、副砲二〇門、射程一九から二〇キロ、主砲の最大射程距離三万二〇〇〇メートルとなります。

数字を見ていかに巨大なものだったかに驚くばかりです。

昭和二十年三月上旬、私は新潟市の信濃川河口の河川敷にある新潟鉄工所で建造中の海防艦二二一号への転属を命ぜられました。三月十日、横須賀港在《ざい》の戦艦長門から東京経由で新潟に向かいました。途中午前十一時頃、東京の中央線信濃町駅を通過している時、ドドンと高射砲を打つ音がし、新宿御苑の中から硝煙が上がっているのが見えました。日中の演習かと思いましたら、警報が鳴っていまして、人々が走り廻っているのが見えました。例の東京大空襲の一部だったのでしょうか。昼間、東京の中央まで敵機の空襲を受けるまでに日本の防空体制は弱体化したのかと情けなくなりました。

清水トンネルを抜けて、湯沢に入った頃、線路の両側にうず高く積った雪を見た時、雪ってこんなに降り積るものかと、今でもその時の驚きを印象的に思い出します。

新潟着は夜になり、町中で宿屋を聞き、尋ね当てて泊り、翌朝新潟鉄工所に行き着任しました。艦はまだ工場の中で建造中で、河沿いの建物を兵舎にして、下士官や兵らが教課を組んで訓練していました。

艦ができたのは、桜も終った五月始め頃だったかと思います。河の両岸にたくさんの関係者の見送りを受け、河の中程へ出たところで、ちょうど干潮に遭遇、砂の上に乗り上げた形になり満潮までそのまま五時間くらい待っての初航海となりました。それでもたくさんの人がずうっと待ち続け見送ってくれたのには、涙が出るほど感激しました。

翌日、艤装《ぎそう》のため舞鶴軍港に回航。艤装というのは海防艦の場合、高射砲や連装機銃を据えつけ、爆雷の投下装置、電波探知器、砲撃のための測距儀《そっきょぎ》、さらに爆雷、砲弾や銃弾の搭載《とうさい》、最後に兵員の一カ月分くらいの食料品、医薬品、海防艦自身の燃料油等を積み込むことをいいます。

艦の装備を全部終ったところで、富山湾内で設置の装備を使って実戦訓練を三週間くらい行い、だいたい機器の操作に習熟したところで、七月下旬富山湾を出ていよいよ実戦配備に着きました。

富山湾を出て佐渡島を過ぎ、酒田に寄港し、鳥海山《ちょうかいさん》を右に見て、船川港（今の秋田港）にも寄り、さらに北上して青森県の小泊に投錨《とうびょう》、翌朝津軽海峡を越え、松前町沖を経て、奥尻海峡通過、この辺までは敵の潜水艦出現の情報も少なく、まだ余裕のある航海でした。航海中異状のない時は、操艦は将校の三時間ごとの交替の輪番当直制でしたが、たまたま私が当直に当たり、小樽港への入港を予定して積丹《しゃこたん》半島を迂回《うかい》している時、右舷後方の見張りの兵が、私のいる艦橋の方に向いて大声で、「魚雷後方百八十度五〇メートル！」と叫んだのです。後方を見ると、波を立てて後に航跡を残しながら我が二二一号の艦尾を追尾《ついび》してくるではありませんか。丸い一抱《かかえ》くらいの大きさで、長さ三メートルくらいもあろうかという魚雷が刻々と迫ってきたのです。私は伝声管《でんせいかん》（艦橋から機関室に通じていて、声が管の中を通って伝わるもの）にかけ寄り、大声で「取舵一杯！

全速前進！」と怒鳴りました。舵はふつう七―八秒くらいで効いてくるのですが、そのわずか七―八秒の舵の効いてくるまでの長いこと。魚雷は一五メートルくらいに接近しています。私は「ウウウー」と息を詰め前のめりになりながら魚雷を眼で追っていました。やがて速度が上がり、舵が急に効《き》いてきまして、艦は大きく右に傾きながら、左に向きを変えました。艦尾の右横二メートル半くらいを魚雷が大きな体の一部を水面上に見せつつ通過しました。「ウウ」と詰めていた息をゆっくり「フウー」と吐き出した時の壮快さ、やれやれと安堵《あんど》して見ると、魚雷はそのまま真っ直ぐに突き進んで、神威《かむい》岬の絶壁の岩壁に激突して、大きな爆発の音と共に水柱が上り、水柱のゆっくりした落下と共に、切り立った垂直な岩壁の一部がザァザァと音を立てて崩れ落ちました。

艦内の自室で休んでいた艦長もいつの間にか艦橋に来ていて、かたはずの命拾いにニッコリ私に笑いかけて、一言も発しませんでしたが、艦橋や甲板上の兵士たちは手を叩き飛び上がったりして喜んでいました。私は艦橋から身を乗り出し、「魚雷が来たということは近くに敵の潜水艦がいるということだぞ！　いつまでも喜んでいるのではない！　しっかり見張れ！」と大声で呼びかけました。

私は魚雷の攻撃を受けるのも、魚雷を見るのも初めてで、これが私の一番最初に経験した実戦でした。

積丹岬を廻って小樽港に入港。船では入港した時しか風呂を沸かさないので、やれやれ命長らえたと首筋を洗いました。

翌日は休みにしたので、午後三時頃小樽港の南の丘の上の神社に一人でお参りして、昨日の無事を感謝。その帰途、下り坂の商店街で大学予科同期の柴田傑祥君と偶然出会いました。彼が小樽出身とは知りませんでしたが、学生時代はスキー部の選手だったようで、事故で怪我をし徴兵検査で合格しなかったとのこと。またいつ会えるとも思えない時世ですので、私がこれから船に帰って酒を一升持ってくるからどこかで一緒に一杯飲もうやと言うと、この先に手頃な旅籠《はたご》があるというので、二人でその場所を確認しました。夜七時頃、会う約束をして船に帰り、夕食を済ませて、艦長の許可を得、一升瓶持参で行きますと、柴田君はすでに来ていました。早速ガスコンロに乗せた空の薬缶に瓶の酒を全部入れて点火してテーブルの前の座布団に向かい合って坐った途端《とたん》、「ウー」と空襲警報のサイレンが鳴り、私は挨拶もそこそこに急いで帰艦しました。

停泊していたところは、今有名な倉庫群のある一番東端で、船から南の道路に長い踏板を渡し上陸できるようにしてありました。予備学生になった始め頃だったと思うのですが、配給で強制的に買わされた、まだ一度も何も切ったことのない日本刀を持ち出して、一気に藁束《わらたば》が切れるものかどうか試すため、踏板で上がった道路を真っ直ぐに横切った所の店で藁の菰《こも》をもらってきました。直径一〇センチくらいに強く巻いて、所々をしっかり縛《しば》り、土の中に打込んだ孟宗竹の上にかぶせるように強く縛りつけました。将校三人で試してみましたが、案外藁束が切れないのに驚き、さらば孟宗竹でと挑《いど》んでみましたが、こちらの方も切り手の腕の方が下手なようで途中まで切れたものの一気には切り落とせませんでした。何せ、鬼畜米英に勝たねばならぬこと、子供たちが寄って来て、わいわいやっていたら、店の六十年配の主人が犬の首を藁縄で縛りつけて来て、「うちの犬なので、試し切りなら、これを切ってみて下さい」と言いました。今度はこちらが驚いて、丁寧にお断りし、そのご主人がキセルにイタドリの枯葉を詰めて吸っているのを見て、部屋の引出しに士官に配給になる煙草があったのを思い出し、持って行って差し上げたら、たいそう喜ばれました。もうこの頃は、民間で煙草を買うにも品物がなかったようでした。

翌日、本州に北海道の農産物を運送する船を護送して小樽を出港。奥尻海峡を通り、松前沖で運送船と別れ、津軽海峡を通り、太平洋へ出ようとしました。行先等の指示はすべて北東方面部指揮官（大湊鎮守府在）の指示に従っていました。

次第に潜水艦が方々に出現しているという無線が入電するようになり、艦内も緊張がみなぎり、艦長もここのところ常時艦橋に詰めています。津軽海峡に入ると急に天候が変わり、風雨が強くなってきましたので、急いでオスタップ（大きな鉄製の桶）に水を張り、破損しやすい陶磁器製品の食器などを入れました。艦が十五度くらい傾く程揺れましたが、私は不思議と船酔いしませんでした。七人いた士官のうちで、三度三度時間通りに食事を摂ったのは私一人でしたが、私は小さい時に右耳の鼓膜《こまく》が破れたので、三半規管が普通の人のように機能しないため、回転や加速運動を感知する能力が鈍《にぶ》く、飛行機乗りには不適格で何度志願しても不合格でした。

兵士に冗談に飯も食わずに戦争できるのかと言うものの、艦長以下士官のほとんどが絶食する状態では、兵士を叱るわけにもいきませんでした。それでも下北半島を越える頃は、風雨も止みました。

太平洋に出ると潜水艦の危険は何倍にもなりますので、緊張して潜水艦の探索をしながら、尻屋崎を迂回して、青森・岩手の海岸沿いを南下、途中あまり寄港しないで釜石に入りました。元来海防艦は潜水艦を積極的に探知して、爆雷を投下して沈めるのが任務のはずですが、今は潜水艦や飛行機に出遭わないことを祈っての航行でした。

釜石港は割合深く内陸に入った湾で、安全だと思っていました。

三、四日続いた風雨と緊張の航行に皆大分疲れていたので、二、三日休養をとれるだろうと思っていたところ、八月十日か十一日かどちらか記憶がはっきりしないのですが、午前十時頃「敵戦艦北上中」の無線の電文を電信兵が私に見せに来ました。電文の内容が大ざっぱですので、私は多分戦艦一隻のみということはないだろうから、巡洋艦、駆逐艦、あるいは戦艦のもう一隻、さらには空母も来ているかもしれない、そのうち詳細が入電されるだろうと思っていました。今振り返ってみますと、あれからすぐ戦闘が始まって、それから後は結局何の入電の報告も受け取らなかったわけです。電文を見た後、私は部下に戦闘配置につけと号令して、部署につかせていました。いくら私が戦艦長門に乗っていたといっても、乗っていたのは三カ月半、長門は横須賀港に入港して修理中で一度も動かず、一発の弾も撃っていませんでした。まして艦に乗って弾を撃ち合う戦争というのは経験のないことで、戦艦と小さな海防艦が弾を撃ち合って、一体どうなるのか想像したこともなく、ただ戦争になったら教わったように配置について、見えてきた敵に、それが戦艦であれ、飛行機であれ、弾を撃てばよいと思っているだけでした。それ以上のことは教えてもらっていないし、それがどういう対峙《たいじ》になるか想像して対応を考えたこともなかったのです。そんなわけで、これから戦争が始まろうというのに、恐怖など微塵もなく悠々《ゆうゆう》たるものでした。配置について五分もたったでしょうか、甲板上に立って湾口を通して太平洋を見ていた私の眼に、艦種はわかりませんが、大きな艦が見えてきました。我が方の艦のマストの上方で測距儀を操作している兵が、「右九十度戦艦一隻距離一万三千」と大きな声で叫びました。私は先程の電文を見て、敵の戦艦の北上中とは日本の陸地からずっと離れた所のことだと思っていました。今眼の前にいるのはそれを迎え撃つ日本の戦艦だと思っていたので、機銃の座に坐っている兵に、「あれを見ろ。あんな大きい艦が、まだ日本にあるのだから大丈夫だ」と言った途端に、その大きな長い戦艦の中央附近にある二連の大砲が、こちらに向けて赤い火を吹きました。私は無意識に左手の指を折りながら一、二、三、四と数《かず》をかぞえていました。一万三千と言ったから、砲弾がここに届くまで三十秒くらいかかるだろうと思ったからです。かぞえて三十を少し過ぎた時、シュシュという低い音がしたと思ったら、砲弾は見えませんでしたが、艦の左右（艦は敵の戦艦の弾道に対して直角に、しかもまる見えの所に停泊していたのです）に挟撃《きょうげき》した形で落下し、そこから大きな水しぶきが上がり、艦上にいるほとんどがその水しぶきをかぶりました。見ると兵士たちは、甲板上に立ったり、銃座についたりしている者は一人もいません。皆甲板の外の方の高くなった鉄の側板に隠れるようにして腹ばいになっています。甲板に立っているのは私だけでした。私は先程の戦艦の砲弾の落下が挟撃だったので、今度撃ってきたら必ず命中すると考え、艦橋にいた艦長を見上げ、両手を挙げて前後に振って、洋上から湾口を通して私達の艦が見えないよう、艦を後に下《さ》げてくれるよう合図しました。艦長はうなづきながら右手で丸をつくってOKの合図を返して来たので、私は舳先《へさき》に行き錨《いかり》のチェーンを見ながら、右手を大きく廻して錨を巻き上げるよう合図を送り、錨を巻き上げました。けっこう動き始めるのに時間がかかりましたが、錨が水面上一メートルくらい上がったところで、私は両手先を交叉してストップの合図をし、両手を真っ直ぐ上に挙げて、今度は両手を前後に動かして、船を後方に下げるよう合図しました。艦長は後方を見ながら一杯下げて投錨しました。

大砲の被害は大したことはなかっただろうと思いましたが、砲術長（年配の兵曹長）が左後《うし》ろのお尻の肉を大きくえぐられて負傷したのを後で知りました。

戦艦からの二発目は結局来ませんでしたが、戦艦も北上しながら湾口で撃っただけで、湾口を過ぎたら戻れなかったのでしょう。

それにしても、我が海防艦二二一号に乗組みの将校は艦長を始め将校全員が戦争を知らないというか、外洋からまる見えの湾内の位置に停泊して平気でいたのです。戦艦からこちらに砲弾を発射した時の位置までの距離が一万三〇〇〇、この二二一号海防艦が搭載している唯一の高射砲は最大射程九〇〇〇メートルですから何の役にも立たなかったところに、高射砲の指揮官だった年配の兵曹長が最初の砲弾で負傷したので、弾丸一発も撃たずに万事休すでした。

今地図で調べてみると、太平洋側から見て湾口に真っ直ぐに入り、湾口からやや入ったところで右に湾内に広がり（艦砲射撃を受けた時は湾口から真っ直ぐに入った所にいたが、射撃を受けた後、右に湾内が広がっている所へ艦を右に寄せて、太平洋の方から見えない位置に移した）さらにこの所から湾を奥に入ると、湾は左にやや大きく広がり、その分右側の陸地がせり出しており、左にやや大きく広がった所に掃海艇が一隻避難していました。

一番最初に飛行機の弾が飛んで来たのは艦砲射撃から十分以上後で、しかも空からではなく海からでした。湾の中で海から弾が来るというと奇異に感ぜられると思いますが、私も艦載機の銃は、飛行機のどこかに固定されていて、飛行士が機を操縦しながら銃を目標に向かって動かすことはできないこと、機を操縦して機首を目標に向けて直進する体勢に入ったところで、射撃の引金を引くのだろうと思ったのですが、正確なところが不明なのでこの原稿を書きながら、同級生で飛行機に乗っていた磯山陽吉君に電話で尋ねてみました。そうしましたらプロペラの軸の先から弾の出るように造られた飛行機や、飛行機の翼に銃が取付けられ、操縦席前の照準器で標的に目標を合せると、固定した銃がそれに連動していて、その目標に向くようになっているものもあったそうです。米軍機の銃がどういう構造か知る由もありませんが、米軍の最初の方の弾は、艦の前方一〇メートルくらいの海面から跳上《はね》がって私たちの艦の上へ飛んで来ましたが、機がさらに降下して艦に近づくにつれ弾が低くなって高い艦橋から甲板へ、さらに舷側へと落下するようでした。

要するに最初の弾は機が高度の高い所で撃った弾で、海面に当った角度が九十度に近い大きい角度だったから、反射角度も大きく艦の上の方に飛び跳ねましたが、機が艦に近づき高度が低くなると、機から撃つ弾の海面との角度が低くなり、反射角度も低くなって、甲板などの低い所に反射弾が飛んで来て被害が大きくなり、さらに近づくと反射弾ではない直撃弾となるわけです。それが曳光弾《えいこうだん》となると、撃っている飛行士は着弾を確認でき、撃たれる方は飛んで来る弾が見えるわけですから恐怖心を掻き立てられることになります。磯山君の話によると、曳光弾は五発に一発くらい挿入されていたそうで、機銃も銃弾が二〇ミリくらいになり銃弾ではなく小さな砲弾になるそうです。

私の艦を最初に襲《おそ》った米機については、襲撃してくる方向の予測が私になかったので、不意を襲われた形でほとんど的確な射撃ができず、かなりの被害を受けました。飛行機の攻撃侵入路に私の艦の方向が直角になっていて、銃弾を受けやすい形に停泊しているのに気づき、艦長にまた合図して艦首の向きを今一度左に九十度振って艦尾の方もできるだけ岸に接岸するように依頼しました。艦長も艦橋で戦況を見ていて、以心伝心というのか、多くを言うことはなく、大急ぎで接岸してくれました。こうすれば米機が私の艦を襲撃しようと直進して降下しても山に激突し、湾口を通って沖の海上に逃げられないわけで、こちらが銃撃されることはなくなりました。

今、釜石の地図を見ていると米機は、釜石と宮古との中間あたりで陸地に侵入し、仙磐山（一〇一六メートル）と雄岳（一三一三メートル）の間を通って、機首を下げて釜石湾に侵入攻撃して来たのだろうと思います。

敵機は私の艦から見て右の山の切れ目から現《あらわ》れましたが、その時は艦から距離にして約百五十メートル、高さ一〇〇メートルくらい、そこから高度を下げ左に方向を変えながら、私の艦を撃って湾口を通って逃げようとしたわけです。高度を下げ一番私の艦に近づいた時は、海面から高度三十メートルくらいで、艦上の私から飛行機までの距離は四〇メートルくらいで、近づいた時はそのまま機体が私の艦を直撃しないかと恐ろしくなる程でした。それだけ近いため今度の二機目からは連装銃の銃口を敵機の最初に姿を現す方向に向けて待ちかまえました。敵機が現れると同時に銃撃を始め、連装機銃を大急ぎで敵機を追って左に廻転、機の降下に合せて銃口を下げ、撃ち続けました。敵機はあまり我々の艦を撃つことができないのだから、こちらは安全で落着いて射撃ができ、ほとんど無駄弾はなく、撃った弾の七十パーセントは命中したように思いました。三機目が湾外の洋上へ逃げようと、湾口附近で機首を持上げようとしていましたが、急にガクンと機首を下げて海中に突っ込みました。機銃を撃っていた兵が、これを見て手を叩《たた》いて喜んでいるので、青竹で鉄兜を叩いてその竹竿《たけざお》を右に振って飛行機の現れる方向を指したが、機銃の側にいる兵は小学校の高等科一年や二年で志願してきた十四、五歳の悪い意味でなく、単純で本当に可愛《かわい》らしい少年で、それでいて敵機を撃墜《げきつい》するところなど見ると頼《たの》もしくも思えました。

それから次から次へと何機来襲《らいしゅう》したのか数えていませんでしたが、何機目くらいからか、敵機の飛ぶコースがやや湾内の向こう側になりました。兵隊たちはほとんど同一動作の繰返しで、というよりむしろ無意識の動作の繰り返しだったといえましょう。私がフト気がついてみると、湾内の向こう岸の樹木の下に隠《かく》れるように山際《やまぎわ》に碇泊《ていはく》していた掃海艇《そうかいてい》が盛んに銃撃を受けていました。艇内に火災が起きていたのでしょうか、艇の後部の甲板上を消火用のホースを持って走っていた兵が、それを消そうとノズルを振っていましたが、水が出ないようでした。おそらく海水を吸い上げ送水する装置が破《は》壊《かい》されたのでしょう、その兵士はノズルを足元に叩きつけ、甲板上を艦首の方に走り、海に飛び込みました。見ていると艦内からも何人かが甲板に出て来て、次々に海に飛び込んでいます。総員退避の命令が出たのだろうと思いましてチラチラと見ていましたら、アッという間に艇の所に大きな水柱が上がり、それがかなりゆっくり落ちたと思うと掃海艇の姿はどこにもなく、何一つ残っていませんでした。私の二二一号艦も敵機と銃弾を撃ちあっていましたので、その銃弾の発射音のせいか掃海艇の轟沈《ごうちん》の音は聞えませんでした。どのくらい時間が経ったのか時計を見る余裕《よゆう》もありませんでしたが、次第に敵機の襲来も間遠《まどう》になり、多少気分が落ちついてくると、知らなかった弾傷《たまきず》の痛みが出て来ました。銃座に坐って連装機銃を操作していた一番若い兵が、ゲートルを巻いていた足の膝下《ひざした》を右から左に銃弾が貫通し、ゲートルに血がにじんでいるのを気づいたりしましたが、弾を撃っている間は痛みもなく気づかぬところなど、戦争は人の心を平常にはしておかなかったようです。兵隊たちに、「向こうの掃海艇が轟沈したのに気づいた者がいるか?」と聞いたら皆驚いていましたが、ほとんどの兵が気づいていなく、気づいていたのは艦内では私と艦長だけでした。

掃海艇がいた所まで私の艦から二〇〇メートルくらいも離れていたのでしょうか、望遠鏡で見ると艇がいた附近の山の斜面の木々の葉や小枝が飛び散り、所々の枝に兵士の服や帽子が引《ひ》っ懸《かか》っていました。私が見たところでは海に飛込んで逃《のが》れられたのは数名で、ほとんどの兵が艇と運命を共にしたのでしょう。私は多くの兵の命を預かる艦長や将校の責任は重大だと思いました。艦の碇泊場所一つで大きな差を生むことをしみじみ知りました（数年前、八戸から塩《しお》竈《がま》まで船旅をしましたが、釜石港の港《みなと》沖《おき》から掃海艇が碇泊していた所の上の方の丘の上に金色の大きな観音様の像が見えましたが、あの時の戦死者を祀ってあるのだろうと思いました）。

戦闘も終息したようなので、私は衛生兵と共に艦内を廻り、負傷者の手当をして廻りました。

砲術長は既に陸上の病院に廻送していたのでしょう、姿を見かけませんでした。

兵士で一人、おなかから銃弾が入り、貫通して背中に弾が出ていて、弾が入った方はほんの小さな傷だったのが、弾の出た背中の方は直径五センチくらいの穴が開《あ》いていて、おなかの腸《ちょう》の一部がその傷口にのぞいており、見ただけでも痛そうでした。私が「これを手当してやれ」と衛生兵に言うと、首を左右に振って側の兵に包帯を渡し、「これを巻いてやれ」と言ってそこを離れた時に「あれはもう助かりません、助からないのに時間をかけていたら、助かる兵が助からなくなります」と私に耳うちしました。餅屋は餅屋で、若い兵でもしっかりしたもので、私はこの兵のように自信を持って連装機銃の射撃を指揮しただろうかと思ったら、自信のなさに寒気がしました。

今一人、四十歳過ぎの烹水長《ほうすい》は右腕《みぎうで》の肘《ひじ》の所を弾が貫通し、両側の皮《かわ》だけで腕がついている状態で「首から包帯で吊って、病院に行って押切りで切ってもらうのだな」と言っていました。

マストの上の方で測距儀を扱っていた兵だと思いましたが、鉄兜《てつかぶと》をかぶった頭の天辺《てっぺん》からお尻に弾が貫通しておりこれは、即死《そくし》でした。

銃弾の傷の場合、薬といってもほとんどヨードチンキをつけて包帯をするだけで、衛生兵（上水）より階級が上の一曹で、足の甲にかなり深い弾傷《たまきず》をうけた兵が、痛いのでなかなかヨードチンキを付けさせないでいるので私が「よし俺が治療してやる」と、傷の中に瓶からヨードチンキを少し流し込んだら、苦しみ廻っていました。

今日の戦闘での私の行動を兵隊の多くが見ていて、「あいつはすごい」

「弾を一つも恐れない」と、多少感心していてくれたようで、大概あまり抵抗する兵はいなく早く終りましたが、戦闘が終ったばかりのこともあって、私も気が立っていたためでしょう。

私の出で立《いた》ちたるや、足はゲートルも巻かずゴム長靴で、鉄兜は員数不足で私のを兵士にやり、普通の艦内用の帽子《ぼうし》、手に二メートル近い青竹一本という簡素さ、ゴム長靴は船が沈んだ時、脱ぎやすく泳ぎやすいだろうとの深慮遠謀からの選択でしたが、必要なかったようでした。

後で連装機銃を指揮していた所に行って見ますと、縦《たて》一メートル五〇ないし二メートル、横は少し狭くて一メートルくらいだったと思いますが、角形煙突の私の背の高さくらいの所までに、銃弾十三発の穴があいていました。兵士がそれを見て、私に「これを見ると砲術士の体のどこかに弾が当たっていなければならないのに、どうしたのですか」と聞くので、「それは簡単なことだ。こちらの右半分の方に弾がくる時は左に寄っていて、左の方に弾がくる時は右に寄っていたのだ」と答えました。「では右にくる時、左にくる時はどうしてわかるのですか」と言うので、「それは勘だ。もっとも俺は女を泣かしたことも悪いことをしたこともないから、半分くらいは弾の方で俺が右の方にいる時は左の方に逸《そ》れてくれ、俺が左の方にいる時は右の方に逸れてくれたのだ」と言うと、いかに十四、五歳でも冗談だとわかったようで、「今度は砲術士に当たるかもしれんよ」と言っておきましたが、当たった時の言訳《いいわけ》も考えておかねばと思いました。

いずれにしても一度一緒に生死を共にして戦うと、階級などどこかにふっ飛んで、お互いが相手を思いやってなごやかになるものだし、それぞれお互いの裸の人柄が出て、尊敬し合えるようになるものです。戦死した者が三名くらいで、入院が四、五名、負傷者が二十名くらいだったかと思いますが、私は不思議に擦傷《かすりきず》一つ負いませんでした。それもこれも運命で、神仏が私にはもう少し生きて働けと言われるのだと思いました。

次の日は休んで、戦闘から二日目、釜石を出港して八戸へ向かいました。八戸港へ入港しようと思いましたが、港の中の船はほとんど沈没《ちんぼつ》して、マストだけが十本以上も水面から突出していました。これでは入港もできず、港外の仮泊では危険だと思い室蘭に向かいました。室蘭も八戸同様、船のほとんどが沈没していましたが、ここは八戸のことを思うとずっと湾の奥で、港も広いので投錨して碇泊しました。

広島や長崎の方に大きな爆弾が落ちたとか、戦況不利だとかの入電が耳に入って来ました。ここ数日、日本の飛行機も軍艦も見てい

郵便はがき

恐縮ですが
切手を貼っ
てお出しく
ださい

160-0022

東京都新宿区
新宿1－10－1
(株) 文芸社
ご愛読者カード係行

書名			
お買上書店名	都道府県　市区郡　書店		
ふりがな お名前		明治 大正 昭和　年生　歳	
ふりがな ご住所	□□□-□□□□	性別 男・女	
お電話番号	(書籍ご注文の際に必要です)	ご職業	

お買い求めの動機

1. 書店店頭で見て　2. 小社の目録を見て　3. 人にすすめられて
4. 新聞広告、雑誌記事、書評を見て(新聞、雑誌名　)

上の質問に1.と答えられた方の直接的な動機

1.タイトル　2.著者　3.目次　4.カバーデザイン　5.帯　6.その他(　)

ご購読新聞　新聞	ご購読雑誌

文芸社の本をお買い求めいただき誠にありがとうございます。この愛読者カードは今後の小社出版の企画およびイベント等の資料として役立たせていただきます。

本書についてのご意見、ご感想をお聞かせください。 ① 内容について
② カバー、タイトルについて
今後、とりあげてほしいテーマを掲げてください。
最近読んでおもしろかった本と、その理由をお聞かせください。
ご自分の研究成果やお考えを出版してみたいというお気持ちはありますか。 ある　ない　内容・テーマ（　　　　）
「ある」場合、小社から出版のご案内を希望されますか。 する　しない

ご協力ありがとうございました。

〈ブックサービスのご案内〉

小社では、書籍の直接販売を料金着払いの宅急便サービスにて承っております。ご購入希望がございましたら下の欄に書名と冊数をお書きの上ご返送ください。（送料１回380円）

ご注文書名	冊数	ご注文書名	冊数
	冊		冊
	冊		冊

ないし、戦局はどうなるのかと心配でしたが、艦内将校の誰もが自信を持って戦況について話せる情況になく、さればといって悲観的話は直接何も知らない兵隊の士気にひびくこととなるので、お互いが以心伝心で触れないようにしていました。

八月十四日、明日天皇陛下の重大な話があるとのことで、いよいよ玉砕の激励かと思いましたが、小さな海防艦のこと、天皇陛下がどう言われてもどうなるといえるものでもありませんでした。上の人が何か決めて下されば、身近な目標として張り合いのあることと十五日の玉音放送はできるだけ全員甲板上で聞くように指示して集りました。ラジオでの玉音放送は雑音《ざつおん》が入って聞きづらく、よく意味がわからぬまま終って解散しました。私が機雷長に「ポツダム宣言を受諾とか言っていたから、負けたのではないだろうか」と話しますと、機雷長も「どうもそうらしいね」と言うので、通信室に行って確認すると、やはり戦争に負けたのだとわかりました。

私は多少自棄糞《やけくそ》もあって、砲術関係の兵を甲板に集合させ、陛下の激励があったのだから全員頑張ろうと話し、全員配置に付けと命令して訓練を始めました。次第に私自身が涙が出て来ました。艦長も「もう止めーや」と言うので、また全員を集合させて、日本は戦争に負けて降参したのだと話しました。

兵隊が、私に「負けたらどうしたらいいでしょうか?」と聞くので、「また小学校に戻って高等科一年の勉強をするんだな」と話すと、「本当ですか?」と聞くので、「本当だよ」と言いますと、「やった!」と喜んでいました。本当に単純で屈託がありませんでしたが、こちらは複雑で小さい兵隊が羨《うらや》ましく思えました。兵士は解散させ休ませましたが、私も自室に引き取って、来し方行く末を慮《おもんぱか》りましたが、この時ばかりは何一つ名案が浮かばず、食って不貞寝《ふてね》する以外ありませんでした。

翌朝北部方面部指揮官からの指令で、大湊港に廻航しましたが、これから先の予定が不明なのと、私たちの海防艦以外大湊の軍港にも、軍艦が一隻もいないこと、また米側の艦や飛行機に終戦の指令が行き届かず、敵と遭遇した時、向こうから戦争をしかけられないとも限りませんでしたので、この港で食糧弾薬などできるだけ仕舞い込みました。

海防艦二二一号は元来の所属は佐世保軍港でしたが、建造以来一度も佐世保に行かず、私自身も佐世保船籍とは知りませんでした。

大湊の北方方面部隊の指揮官が敗戦のため、二二一号を船籍の佐世保に返す決心をしたようで、佐世保へ廻航することになりました。大湊には北海道からの女子挺身隊として女学生がたくさん来て働いていましたので、それを函館まで運んでやって欲しいという指揮官の依頼により、女学生を艦の甲板や兵隊の室、士官室までいっぱい乗せて函館まで送り、後は一路佐世保に向かいました。途中日本海で、搭載の爆雷を所々で投下して魚を浮かせ、カッターを降ろして魚をすくい、新鮮な食糧を補給しながら佐世保に行き、その夜別れの会を無礼講で開きました。砲術関係の兵を先頭に七十人くらいと杯《さかずき》を交わし、酒酔いで頭痛のする中、明日退艦する兵の考課表を徹夜で記入し、やっと間に合わせました。兵隊には、身のまわりで欲しい物は、毛布、双眼鏡など持ち帰ってよいと、持たせて帰らせました。

衛生兵の西谷君とは負傷兵を何回か同行して見廻った関係で、特別親しみを感じていましたので、彼は艦内の薬品をたくさん袋に詰めて私に持ち帰ってもらおうと「品を用意しました」と言って持って来ましたが、「俺は眼の薬か、足の薬か、頭の薬か、腹の薬か判断がつかぬのに、持ち帰っても仕方がない。お前の好意だけ受け取るから」と言って彼に持ち帰らせました。

艦長、航海長、機関長などは皆商船学校出身だったので、軍の指令で残されましたが、予備学生の私は兵隊と同一扱いで、帰るよう命ぜられました。

お昼前、艦を出て帰途につきましたが、当時の汽車は満員で、通路にも人が溢れ、身動きもできない状態で、原爆の広島を通過して福山で乗り換えたため、広島の惨状は記憶にありません。

昭和二十年八月二十七日に無事帰宅。両親祖母、妹たちが非常に喜んでくれましたが、村で一番遅い出征で、一番早く帰ってきたのに、終戦中尉で申し訳ないやら恥しい思いが致しました。

この原稿を書くために、二二二一号海防艦の航海日誌を見ようと、十一月二日、国立国会図書館と防衛庁防衛研究所の図書館を訪れ、色々整理された索引《さくいん》カードをめくって尋ねましたが、航海日誌は見つからず、防衛庁の図書館で二二一号海防艦の写真と北東方面部隊指揮官の二二一号海防艦宛の通報がみつかっただけでした。磯山君がそれは例の大本営発表みたいなようなものだろうと言っていましたが、そうあって欲しいものです。今さら米兵を多く殺したなどということがわかれば、寝ざめが悪いだけで何一つ得《とく》になりません。

今私の八十一年の生涯を振り返ると、私の人生に大きく影響を与えたことが四つありました。

一つは私の母が神仏を信仰する心が強く、私に神様仏様はお前の行《おこない》を皆お見通しなんだよと話していたこと。

二つめは、三日三晩絶食して、田舎の農家で兄弟五人もいる中で大学に行かせてくれと頼んで両親が許してくれたこと。

三つめは、犬吠埼の宿で裸の娘さんに出会って、私なりの人生へのある指針を与えられ、それが釜石での戦闘で実証され、私の信念となったこと。

四つめは私が今の家内と結婚したこと。

これらのことについては、また改めてまとめてみたいと思いますが、犬吠埼の件はその後の私の五十年に大きく影響を与えてくれたので、あえて記述させてもらいました。

昭和二十年から平成十三年まで

私は今年（平成十一年）の年賀状で、正八位と従七位を以前に受章していたことについて、書きまとめてみたいと書きました。受章した功績というのは、昭和二十年六月、北海道の小樽港への入港を予定して、海防艦二二一号の当直将校として、積丹《しゃこたん》半島を迂回《うかい》している時、後方から米国潜水艦の魚雷発射を受けたが、巧みな操船により難を逃れた功績により、昭和二十年八月十五日付（奇しくも終戦の日）正八位を、昭和二十年七月の釜石港における艦砲射撃艦載機の波状攻撃に対し、海防艦を地形的に安全な地点に避難させ、艦載機を機銃掃射によって撃退した功績により、昭和二十年九月六日付で従七位を受章したというものです。皆様ご存知のように、広島市に昭和二十年八月六日午前八時十五分頃、原爆が投下されましたが、私は九州の佐世保港で敗戦により軍役を解除され（海防艦二二一号が佐世保所属の艦のため）汽車に乗って、その広島市を通過して私の生家（広島県甲奴《こうぬ》郡甲奴村＝現甲奴町）に復員したのは、原爆投下から二十一日目、終戦の日から十二日目で、昭和二十年八月二十七日でした。

帰宅して一週間くらいした時、私が卒業した広島工業学校時代の同級生で、私が下宿した当時家が近かった近藤君のお母さんが、突然（甲奴村の）私の家を尋ねてこられました。「原爆で主人は亡くなり、家は焼けて跡形もなくなりましたが、私だけは怪我もなく今は三次《みよし》（広島県双三《ふたみ》郡）の生家に帰っております」とのこと、そして焼けた広島市の家の庭に茶碗や皿や湯飲み等を庭に掘って埋めてあるので、一緒に掘り出しに行ってもらえぬだろうかとのことでした。お断りすることもできず、私の家に泊まってもらい、翌日二人で広島市に行き、建物はほとんど焼失した焼野が原を、道路、河、焼け残った橋、学校の広い運動場等を手掛りに歩いて尋ね廻りました。

家のあった千田ヶ谷を尋ねあて、近藤君の家のあった所を見つけ出し、焼け落ちた瓦等を引っ繰り返し、「主人は足の裏の綺麗な人でした」と言う奥さんのひとりごとを聞きながら捜しましたが、死体等は既に大分前に片づけた後のようで茶碗等は見つけられませんでした。

それから数日後、私の家の分家の横田郡一氏（広島県庁で農林部長をしていたが、原爆後退職して帰郷）が、私の家に来て、「見るところお前は、どこも怪我していないようだが、広島県庁は原爆で、たくさんの人が死んで、人手不足で困っているようなので、手伝いに行ってやってくれんか」と言われました。戦争で私がどんな目にあったかはご存知なく、かすり傷一つ負わず、元気で家でぶらぶらしていると見られても仕方がないので、「それでは明日行ってみます」と返事しました。その夜、毛筆で履歴書を書き、翌日広島に出て、広島駅で県庁への道を尋ね、電車もバスもないので歩いて、広島市の東隣の府中町のマツダ自動車の工場を借りていた県庁を捜しました。着いたのはその日の夕方の日も暮れかかった頃でした。

かなり広い一階の部屋には誰もおらず、二階に誰かいる気配なので上って行くと、年輩の男性が一人いたので、きっとこの人が人事課長だろうと思い、「叔父の横田郡一から聞いて、お手伝いに来たのですが」と、自分から名のって履歴書を出しました。もちろん叔父の横田郡一は御存知のようで、履歴書を読むのもそこそこに、「よう来てくれた。実は明日進駐軍が呉に来るのだが、人がいなくて困っていたところだ。よかった、よかった」と言いながら、そこらにある事務机を四つ、一カ所に集め、毛布を四枚もって来て、二枚重ねに机の上に敷き、二人の寝床を並べて作り、私の持参した弁当を二人で食べ、明朝行く呉の場所等を教わりながら寝床につきました。

これが私の復員して帰郷後の社会人としての第一歩ですが、前途の波瀾万丈さを予想するのに充分なものでした。

翌朝、汽車に乗って呉《くれ》に行き、警察を尋ね、広島県庁で人事課長に言われた通り、「こちらに進駐軍が来るとのことで、一人ですが応援に参りました」と言うと、「ここは何とか間に合うから、広《ひろ》の方に誰もいないので、そちらに行ってくれ」と言われ、呉駅に引き返し、駅から二つ先の広駅に行き、警察を尋ねて行きましたが、歩いては大分の道のりでした。

広の警察署には、進駐軍に関する情報がほとんど届いていないようでのんびりしていました。夕方近くになってしまい、私が警察の人に、「今夜、泊る所はないだろうか」と相談したら、一人が席を立って、「ちょっと待って下さい」と言って出て行き、三十分くらいして帰ってきて、警察署の右横を流れる四メートル巾くらいの河の向こう岸の建具屋《たてぐ》（三原建具店）の工場上の二階の部屋を世話してくれました。食事はその四軒先で、警察の人が緊急な時、いつも色々とお世話になっているらしい。兼吉《かねよし》さんという一般の食堂ではない、普通の家庭でお世話になることになりました。

二、三日後、応援のため男性二人、金行さん、松川さんという男性二人が（二人共三十歳過ぎの所帯持ち）、呉から廻されて来ました。ついで間もなく通訳の若い男性（広在住）が来て、四人になりましたので、警察の中では狭くて居場所がないため、近くの空地のバラックを借り、手入れして机、椅子等警察の余り物を借り、電話等も手配し、茶飲み道具等を取揃えました。

数日後、呉の方から事務局員一人と進駐軍の三人がジープで来まして、広の私たちの方は広分室と言い、呉の方は終戦連絡事務局と呼ぶように言われました。

進駐軍の三人は、私が戦った米軍ではなくオーストラリア軍で、呉や広の元の日本海軍の兵舎に進駐して来たようで、それぞれの所在や兵員数等は軍の機密として私たちには知らされませんでした。

オーストラリア進駐軍が私たちに要求したのは、兵舎内の掃除や、庭の草取り、兵舎の破損した個所や机椅子等の修理くらいで、彼らの衣服や生活必需品、食料品等は、全部オーストラリアから送られてくるようで、そうしたものの調達や要求はほとんどありませんでした。

また私たちが交渉するのはいつも将校で、一般の兵士と応対することはありませんでしたから、トラブルもなく気楽な勤務でした。

毎日お昼前、オーストラリア軍の事務所に行き、次の日の労務者の割当人数表を各部署からもらって持ち帰り、たとえばA班は男○名、女○名、B班は女○名といったような表により、労務者を翌朝七時半頃迄に、広警察の裏庭に集めて、区分けして、迎えに来た進駐軍の車に乗せて送り出します。また夕方同じ事で同じ場所に送られて来たのを、人数を確認して受け取り、怪我の有無、仕事の内容を聞き、たとえば毎日同一人が重労働や悪臭の場で働かなくてすむよう勤務場所を交替させたり、勤務表に出勤の印を押したり、また掃除道具の過不足を聞いたり、細かい気配りは必要でしたが、数日経過すると、ほとんど流れ作業のようになって、手持ち無沙汰なくらいでした。

そうしたところへ、私に日本海軍から突然〝召集令状〟が舞い込みました。

日本海軍など敗戦でなくなったのではないか、本当に有効な令状だろうかと迷いましたが、よく見ると私が復員まで乗っていた二二一号海防艦まで来るようにとのことでした。敗戦で佐世保で二二一号海防艦から下船したのは、下士官以下全員と将校は私と機雷長の二人だけで、残りは艦長、航海長、機関長です。砲術長は下士官上がりでしたが、釜石の戦争でお尻に大怪我をして下船入院したので、残った三人のうち、誰かが復員輸送に支障をきたすような事故にあったのかと想像しました。いずれにせよ、生死を共にした同僚が船には残っているので、行かねばならぬと広分室の同僚に事情を説明して、とにかく博多の二二一号艦に行ってみようと決心しました。ずうーっと長く二二一号艦にいなければならないなら、少ない荷物なので下宿の部屋にまとめて置いておくから、下宿から私の自宅に送ってくれるよう依頼して、すぐに博多に向かいました。その日のうちに博多につき、港につくと、先月まで乗っていた艦のこと、皆の歓迎をうけ、「どういうことなの」と聞くと、すぐ近くにいる米軍の駆逐艦を指差し、「あの乗組員が二二一号海防艦の検査に来て性能などを調べたのだが、今残っている二二一号の将校は航海や機関関係の者だけで、兵器の性能がよくわかる者がいない。兵器の性能のわかる者を呼べ」と言われたとのことで、仕方なく爆雷関係の井上中尉と、大砲機関関係の私を呼んだのだそうです。兵器といっても、高射砲と二連装機銃、電波探知器、測距儀、爆雷投下機くらいなもので、米軍が驚くようなものはないだろうと思いましたが、いずれにしても「お安い御用、説明します」と言いました。すぐ側にいるとのことで、米艦から三名の将校が来ました。私たちの方は航海長、機雷長、私の三名で応対し、それぞれ性能について聞かれるので、高射砲は最大射程九〇〇〇と説明すると、首を振りながら怪訝《けげん》な顔をしますので、今度はこちらの三名が納得ゆかず、両方で不思議がっておりましたところ、こちら航海長がアメリカは距離の単位がメートルやキロメートルでなくマイルではないかと言うと、米軍の方はイエース、イエースと言い、私たちの方はメートルとキロメートルだと言うと、米軍の方が笑い出し、道理で話が合わないと、それからは話になりませんでした。こういうのを的外れというのでしょう。

その晩は米艦に我々三人が招待され、夕食をご馳走になり、映画を見せてもらい、帰りにはたくさんのお菓子を袋一杯各人にいただき、お互い船乗り同士、さっぱりした別れで、心配したことがその日のうちに解決しました。

昭和二十一年の三月頃だったと思いますが、呉の終戦連絡事務局から、東京の大蔵省（日銀）に、広島県の進駐軍関係の費用を直接渡すから、請求書を持って金を受け取りに来るように指示がありました。大学時代、東京にいたということもあり、今進駐軍関係にたずさわっている者という基準で選ばれたと思います。その役が呉の終戦連絡事務所の梶原君と広分室の私に割当てられ、二人で交替で行くことになりました。私の方が採用が早かったので、第一回目は四月中頃だったと思いますが、呉に呼ばれて、かなり大きいトランクとそれを縛《しば》る革《かわ》バンド二本に、かなり厚めの請求書を渡され、一人で私が行くことになりました。

最近時々テレビに映し出されるようになった日本橋の三越百貨店横の日本銀行に行き、腹巻にしまい込んだ請求書を取出して、受付に渡すと、しばらく待たされ、審査に四日くらいかかるので、四月〇〇日十時頃来るように言われました。空《から》のトランクを近くの駅に預け、かれこれ三年ぶりの東京をあっちこっち歩き廻りました。三日たって、指定日時にトランクを持って日銀に行きました。金額は忘れましたが、受け渡しに立ち合って示達《じたつ》金額の札束を、日銀の人と両方で数をかぞえながらトランクに入れました。入れ終って、すきまのできたところに古新聞をつめて、トランクの鍵《かぎ》をかけ、さらに二本の革ベルトで締め付け持ち上げてみましたら、私の両手で何とか持ち上げられるくらいでした。側の守衛さんに、表の方でなく人通りの少ない横の方にタクシーを呼んでもらって乗込んだら、守衛さんが心配そうな顔で、「大丈夫ですか?」と言ってくれましたが、今さらどうにもなるものでもなく、いかにも馴れているような仕草で、「ああ大丈夫だよ、運転手さん東京駅にやってくれ」と、車を走らせました。しかし、心の中は少しも大丈夫でなく、東京駅で、重い札束の一杯入った荷物を持って、どうやって汽車に乗ったか覚えていません。覚えているのは心配疲れで、熱海附近ではないかと思いますが、周囲が寝静まったためか、知らぬ間にぐっすり眠ってしまい眼が覚めて気がついたら、列車は大阪も過ぎて神戸近くを走っていたことです。

すぐに、上の網棚を見て、トランクのあるのに胸をなでおろしながら、トランク一杯の大金（他人の）を持ちながら結構高イビキで眠れるのだから、俺も大したもんだと思いました。俺はここに何千万円くらい持っているんだぞと怒鳴りたいくらいでした。

日銀での私の所作が、日銀の人たちに危なっかしく見えたためか、五月分からは現金ではなく、日銀の支払命令書をもらうまでは同一手続きで、その命令書を呉の指定銀行に持参して、現金と交換できるようになったようですが、進駐軍がいるのは広島県だけではないことは当然なことだと思います。

四日間の日銀の審査待ちも手持ち無沙汰で大変でした。私は日銀が審査をするところにいる二人の女性受付係に、彼女等の好みを聞いて、歌舞伎や映画のキップを買ってきてやって、審査書類を提出してから四日目の午前十時頃来るから、広島県への支払示達書が出たら、私が受け取りに来るまで保管していてくれるよう頼みました。昭和二十一年七月だったと思いますが、大学同期で研究室でも机を並べていた、山梨県の河口湖畔にいた小佐野君に電話して、今日これからそちらに行くから、一晩泊めてもらって、明日一緒に富士山に登ろうと約束して出かけました。河口湖も少し奥の方で、湖畔の小佐野君の家にお世話になり、いただいたおソバが大変おいしかったのが印象的でした。

小佐野君と私は学徒徴集で入隊がきまった時も、杉並区方南町の私の下宿からタクシーに乗り、宮城前の道路を通って（当時この道は人が乗っていないと、タクシーでも通行禁止でした）歌舞伎座へ行き、お涙頂戴の忠臣蔵を見た仲でした。

翌朝早めに弁当を持って小佐野君の家を出て、富士吉田市の浅間神社に参拝して登り始めましたが、当時は現在のような立派な道ではなく、道幅も狭い山道で結構難渋《なんじゅう》したものでした。

林の中を二合目くらいまで登った頃、ドイツ人だと思いましたが、背の高い大男が私たち二人に追いつき、笑いながら大またに追い越していきました。私たちは所々で休んで、水筒の水でノドをうるおしながら、スローペースで途中ダウンしないよう心掛けて登りました。七合目近くなったら、例の大男が疲労で伸びて道に座り込んでいます。追いついて一緒に登ろうと誘いましたが、一向に登ろうとはせず結局そこから下山したようでした。山登りは見かけの体力だけではだめで、自分の真の体力をふだんの鍛錬で把握していて、慎重に登らなければならないようです。

八合目の宿に一泊して、翌朝早めに起きて御来光を拝みましたが、雲一つない快晴で実に素晴らしいものでした。頂上の神社にも参拝し御鉢巡りをしましたが、頂上の西側から見る山梨県側の富士の裾野の樹木の林に映る影富士は、めったに見られないものとのことで素晴らしいものでした。四日目の日銀への午前十時はぎりぎりでしたが、影富士を見たことで苦労も気になりませんでした。

仕事も順調で、馴れてくると、終戦連絡事務局広分室での仕事そのものがたくさんあるわけではありませんので、たまたま私が建具屋さんの二階に下宿することになったのが縁で工務店を開店しました。これが一生の仕事になろうとは、その時は夢にも思いませんでした。

私の田舎の生家は、私が生れて間もない頃に、三十過ぎの父が自分で図板《ずいた》（家の簡単な平面図で、縦横等間隔に線を引き、一番上の横線の外側の上端から右へ縦線と交差する所にイ、ロ、ハと符号をつけ、一番左の縦線の左に横線と交差する左側に1、2、3、4と符号をつけ、その縦横の交差点に家の柱が乗るように描いたもの）

に家の新築用の設計図を描き、建てたものです。自分の家の檜山に入り、図板のイの1の柱は角柱《すみ》だから、檜の太さの大きいこの木にしようとか、それぞれの柱の位置で力の大きくかかるもの、力は大きくかからないが外から来た多くの人の眼につきやすい柱だから節の少ないものにしようとか、用途場所等を勘案《かんあん》して定め、それぞれに符丁《ふちょう》や番号などをつけて選び、一階を全部終ったら次に二階の柱と選んでいきました。柱が全部終ったら、今度は土台を栗山《くりやま》に入って選びます。土台はわりあい数が少く、梁《はり》、桁《けた》と主な材料をほとんど檜山、松山、杉山で選びました。百姓のわりと暇な冬に自分で切り倒し、枝を下《おろ》して牛を使って山から道路側に引き出し、村の片山製材所に依頼して製材したものを、今度は自宅の裏庭に積上げ、トタン屋根を葺《ふ》き、藁《わら》で囲いをして、十年くらいかけて材料を揃えました。自分の山に適当なものがない長い梁や桁、大黒柱等はかなり遠い所の山奥にある他人の山の木を買い、遠方から私の家の小さな道の所までは運送屋に運んでもらい、細い道に入る所からは、私の家の近所に住んでいた村長の下坂権六さんが、その桁の長丸太に馬乗りになって、頭に日の丸印つきの手拭で鉢巻《はちまき》をして「オーレ、オーレ」と声をかけ、部落総出で私の家まで引いたのを思い出します。

そして私が小学三年生の時、建前をしました。棟上げの日の餅投げで、私が二階に上って餅を投げるので、すぐ下で待っているようにと学校で友だちと約束しました。私が大きな餅を投げてやろうとしたら、父がそんなことをすると仕事をする人が怪我をするから、家の外で待っている多くの人にも拾えるように投げてやれと言われたことが、今でも記憶に残っています。

屋根の瓦葺き、外廻りの荒壁付、敷居鴨居の内法《うちのり》付、一筋《ひとすじ》等も取付け、硝子戸、雨戸等も取付けて、一応住めるようにはしましたが、何せとてつもない大きな家で、資金が足りず、一度に全部仕上げることは父も始めから考えておりませんでした。父は長期的に仕上げればよいと考えていたのでしょうか。何せ建前の準備も、十数年かけていたのですから。家には、姉、私、弟、妹二人の五人の子供がいましたが、それぞれが進学する時期にあたり、学資及び一般生活費も次第にふくらんで来ました。姉は尾道の裁縫学校に入学して寄宿舎、私は広島市の広島工業学校に入学して寄宿舎、続く弟は庄原の庄原実業に入学して寄宿舎、上の妹は塩町の双三実業学校に自宅通学、二年後山県郡新庄教員養成所に入って寄宿舎、下の妹は上下女学校卒業後広島女子高等師範と、五人が皆重複していたので、家の造作などに金が廻らず大変でした。幸いなことに、私の家の分家が近くに四軒もあり、一軒がハワイ帰りの金持ちのおばさん、また私の母の妹が神戸の方に嫁いだのですが、主人が鉄鋼所勤めかで裕福だったので、母が分家のおばさんや神戸の妹から借金して、学資を出してくれていました。母はお米ができた秋には、米俵で多い時には一四〇俵くらい家の中の土間に積上げていましたし、年の暮の葉煙草《はたばこ》納《おさ》めでもかなりの収入があったようで、夫婦共働くのが趣味のような人でした。

金が入ると母はすぐその日のうちに、その金を持って、分家に返しにいっていました。分家のおばさんが、キクヨさんはよく働くし几帳面《きちょうめん》だからと、ほめてくれていました。

私など、大学の休暇があけて東京へ出る時、途中で分家に寄って、おばさんに挨拶していったものでした。その母の苦労を見ていたためか、私自身が工務店を始めて銀行で借入れしても、返済を一度も伸ばしたり、待ってくれと言ったことはありませんでした。そうすることが他人の信用を得る基本であり、一番大切なことだと思っています。

そんなことで中途半端になっていた生家の造作は、三原建具店の主人に頼んで、大工さん二人を世話してもらい、田舎の私の家に泊まり込んでもらいました。村で揃えられない綺麗な天井板、飾り床材等も取り揃えてもらいましたが、一ヵ月半くらいかかったと思います。やはり都会の大工さんが仕上げをすると、あか抜けがして立派にできあがりました。

その頃食事の世話をしてもらっていた兼吉さん御夫婦や娘さんの妙子さんが、しきりに私の嫁さんを世話して下さろうとしました。妙子さんは既に結婚しておられ、ただご主人が南方の戦線でどこにおられるか不明で、それればかりか、元気でおられるのかどうかも不明でした。お世話をして下さったお嬢さん方は、妙子さんのお友だちがほとんどで、薬局のお嬢さんや歯医者さん、海軍少将のお嬢さんたちで、学歴教養のある方々ばかりでしたが、何せ当時は妙子さんのやさしさ、心遣いに心酔していたので、他の人は眼に入りませんでした。

二十一年八月、広島県庁へ所用があり出張したついでに、出征して最近連絡のない私の弟の様子がわかればと、県庁の復員課に立ち寄って見ましたら、棚に並んで置かれた遺骨箱の中に、「横田馨」の名を見つけました。係員を呼んで、「連絡もくれないでいつまで晒《さら》しておく積りだ」と怒りましたところ、「所属の上官の所在がわからず証明がとれない」と言うので、「課長でも、所長でも呼んでこい！」と私は大声で怒鳴りつけました。課長がすっとんで来たので、「俺の弟だからその遺骨をもらって帰る。手続きはお前らの気の済むように、何日かかってもよいからやっておけ」と言って持って帰りました。当時は進駐軍に遠慮して、葬式も出せませんでした。持ち帰って箱を開けて見たら、中に頭髪と爪と、紙に昭和二十一年五月十八日、南京衛戍《えいじゅ》病院にて死去と書いてありました。

その頃私たちの田舎では、一銭五厘の葉書で呼び出されて、後の文句は私は知りませんが、葬式が終っても役所からは一銭一厘も出ず、悔状《くやみ》一通も来ませんでした。ところが世の中公平にできていて、私が海防艦二二一号に乗船した時から実家の方の郵便局に私の口座が作られ海軍少尉の給料の一部が送られていたようで、弟の葬式の終った二十二年の十月頃まで、役所は私の復員の時、給料の送付を打切る手続きを忘れ、送り続けていたようです。たまたま私が実家にいた時、広島県庁の役人が来て、「役所の手続きミスで過払いになったので返してほしい」と言ったので、私は「隣町の郵便局も知らないし、振り込み手続きなどしたこともない。もしそれが本当でそれを返せと言うのなら、戦病死した弟を元気にして帰してくれ、そうしないと片手落ちだろう。君が汗水たらしても、まだ確認していない金など私が返すはずないから、何とか君の方で適当に書いておけ」と言いました。お互い役人同士、「わかりました」と言って帰りましたが、おそらく死んだ弟が墓代、葬儀代を工面したのでしょう。死んだ母の言い草ではありませんが、神様仏様はちゃんと皆お見通しで、悪い事をした者が栄えるはずはありませんから、私は田舎の父の財産と仏壇、墓は全部上の妹に譲り、今は東京の家の小さな佛壇に両親と弟の位牌を置いて、朝晩お供物をして、礼拝しています。習慣になると一度でも欠かすと気持が悪いものです。

二十一年も秋になり、兼吉妙子さんの御主人が無事復員され、一緒に食事をするのも何となく気まずい思いがしましたので、これをきっかけに、終戦事務局を退職して、上京する決心をしました。そうしましたら広在の田辺工務店の社長が、土曜の午後話があるのでちょっと立寄ってくれとのことで、行きましたところ、実際に新品の大きな机と椅子がすえてあり、今日からこれがあんたの座る場所だと言う始末《しまつ》でした。話には聞いていましたが、その耳聡《さと》いのと強引《ごういん》さに驚きましたが、馬車引きから身を起し、自動車修理工場及び建築工務店を広島県の大きな町ごとに支店を出して経営しているようでした。こうして田辺さんとは初めてお会いし話したわけですが、人をそらさない応対、相手の心を見すかす鋭さにはまったく恐れ入りました。

分室の人たちの了解を得て、六日ほど奈良に旅行し考えた末、一週間くらい後に終戦連絡事務局広分室をやめ、田辺工務店に移りました。早速の仕事は次のようなものでした。当時、広の田辺自動車修理工場が、呉や広等での進駐軍が利用するバスの製造運用を、進駐軍と折衝《せっしょう》していたのですが、話はまだ初歩段階だったようです。

結局、東京の帝産オートがバスの話を米軍に進めていてそちらの方が先に本決まりとなり、広の話は途中流れになりましたが、そこは田辺氏、ころんでもただでは起きない人で、広の修理工場に薄鉄板十枚くらいを運び込ませ、四、五枚を切断して既に試作品の作成に着手していたかのように体裁《ていさい》を作って、補償話を持ち込み、何がしかの補償を得ようとしたようです。この問題は、呉や広のオーストラリア軍相手の終戦連絡事務局では関係ありませんでした。

バスのことで米軍との折衝をさせるために、私が急に必要だったようで、結局私と田辺社長と広在の米軍将校二人が東京に行き、東京の白山辺で芸者さんをあげて散財し、何がしかの補償金を得たようでしたが、私は広に帰ると早速三次支店に移りました。

三次支店に移ってから二年くらいの勤務は、実に楽しく、自分に実力をつけさせてくれた時期でした。三次支店には自動車の支店が既にあり、六十歳近い大垰《おおたお》支店長がおられました。その机の横に私の机と椅子を置かせてもらい、翌日から、三次から島根県の江津《ごうつ》市へ流れる、江《ごう》の川の洪水により破損した護岸復旧並びにコンクリート橋の倒壊、流出の復旧工事を担当することになりました。

三次は私の自宅から汽車で通勤できる範囲でしたから便利な面はありましたが、私は小学校高等科二年卒業後、村にいたことがなく、村の人から見ると余所者《よそもの》で、村で初めてという大学卒業、しかも終戦中尉、あまり気やすく口をきいてくれる人も少なく、自然本を読みながらの汽車通勤でした。

橋の復旧工事など、初めてのことで、どれもこれも初体験でした。橋桁（橋の人が歩く部分と両側に手摺のついた部分）は少し下流の方に流され、川の中に立っていた橋脚の足元も水に掘られて流され横倒しになっていました。それを元のように起して、足元を厚くコンクリートを打って固め、起した橋脚の足元が固まったところで、大きな杉丸太三本くらい（一〇メートルくらいのもの）を上の方で束ね、足元を三方に広げて、束ねた所と橋桁の両側にワイヤロープをしばりつけ、ジャッキで巻上げ、岸の取付け個所に橋脚をのせるわけです。大きな重い橋桁を吊し上げる仕事は危険な仕事だけに、専門の鳶《とび》三人が二日間くらい来て、段取りから手伝い人の仕事手順まで全部彼らの指図でするわけですが、附近の人が多勢見物に来るほどで、仕事をしている者にとっては晴がましいことでした。

その仕事が終った後も、岩国の方にも進駐軍がいて、映画館の椅子の張り替え等色々な仕事があったようです。田辺工務店には当時経理や役所仕事に精通した者がいなく、年輩の人が大福帳のようなつけかたをしていたようで、この頃から進駐軍関係の仕事が増加したこともあって金額も大きくなり、大学出か、経理の専門家が帳簿を見ないと、役所の検査を受けた時通らず、仕事がやらせてもらえなくなる恐れがあるということでした。江の川の橋の修復が終ると私はすぐにそちらの岩国に帳簿作りのために廻されました。田辺工務店の下請だった大木兵之助さんも山口県下松で建具の町工場をやっていましたが、人夫《にんぷ》の出面《でづら》表《ひょう》も整備されていない有様で、人間の出勤簿から作らなければならず、私も決算書の作り方まではわかりませんでしたので、下松《くだまつ》の方で正規の経理士の資格を持った人を雇いました。大木さんの工場では、周囲に知られたくないということで、大木さんの奥さんの姉の高橋さんの二階を借りて、経理士と私の二人で、約三週間函詰《はこづめ》状態で仕事をしました。

終って三次に帰り、三次中学近くの江の川に、新しい吊橋を架けることになりました。田辺工務店は実体はまだ整備されておらず、広島県庁や土木出張所の定年退職した古株を安く雇い入れて、あちらこちらの入札に参加して工事を請負っていたようで、今度の吊橋工事も、稲垣さんという三十代後半の西村工務店の先輩が既に工事の準備をしていました。名目的には私が現場所長でしたが、それは田辺社長の大学出という肩書好《ごの》みからなのでしょう。橋の袖に材木置場兼用の事務所を作りましたが、その材料置場近くの道路に面して、新藤兼人《しんどうかねと》（映画監督で乙羽信子さんが後に奥さんになった）の生家がありました。少し離れて塩田寄りに、熊巳《くまみ》さんという大きな立派な旧家があり、東京の別邸があるとのことでしたが、夏休み頃は東京帰りの、美しいお嬢さんを見かけたものです。

河幅三〇メートルくらいで架橋するのは、ツースパンの吊橋でした。補修ではなく新規だけに、広島工業学校土木科卒業の私にとっては、実力を試すうってつけの仕事で、わくわくしたものでした。時々事務所に泊って、工事記録や出納簿をつけていました。

河の中の橋脚工事の時は、下半身作業ズボンで上は裸で二十八歳の時のこと、川の中に浸かっての力仕事では、こちらも百姓の子だけにそこいらの百姓には負けませんでした。まして主任で仕事を任されていましたので、橋脚用のコンクリートの筒を沈下させるためにダイナマイトを使うときなど、鐘を鳴らして附近に予告して、現場だけでなく、附近の人が驚いて梯子から落ちたり、持っている物を落としたりして怪我などしないよう気を遣ったものです。

河の両岸のちょうど中間に、直径二メートルくらい、長さ三メートルくらいの鉄筋入りのコンクリート筒を作り、それが固まったところで、地盤をスコップで掘って沈めます。そのコンクリート筒が下がりきったところで、さらにその筒に継ぎ足して三メートルくらいの筒を作り、どちらにもまがらないようにしながら沈めて、水面下に二メートル半くらい埋めます。同じ方法でそこから下流の方向四メートルくらいのところに同一のコンクリート筒を作って埋め、埋めた二つの筒を繫《つな》ぐ幅一メートル、高さ七〇センチくらいのコンクリートを打ち、橋脚の足元を固めます。その上に附近の大きな石などを積上げ。両岸の道路面となる高さから、一五メートルくらい上まで伸ばした鉄筋コンクリートの柱を二本のコンクリート筒のそれぞれの中心から立て、この二本の柱も頂上と二本の柱の間の橋桁ののる位置に、繫ぎの鉄筋コンクリートを打ち、両岸の取付口の所にも、ワイヤロープの固定用のコンクリートを打つという具合です。これらが終ってワイヤロープを張って橋桁を取付けるまでには、高い空中での仕事のこと、一瞬の気のゆるみも許されませんでした。素人《しろうと》にはできぬことで、はたで見ているだけでも肩の凝《こ》ることでした。

これらの手伝い仕事に来られる年輩の御婦人方にも、原爆や敗戦で都会に住んでいた家が焼失して、家族を失って里帰りされたらしい上品な女性もおられ、馴れぬ土方仕事はお気の毒なことでした。

橋が完成したのは昭和二十三年の十月末頃だったと思いますが、完成祝いの日、できたばかりの吊橋に、近くのお医者さんが小型自動車を運転して（この頃、まだ自家用車は珍しかった）吊橋を渡ろうとしました。ツースパンのこと、橋を吊るワイヤロープは、両スパン共通のもの故、下流に向かって右側のスパンに自動車が乗り入れた時、左スパンの吊橋が五〇センチくらい跳ね上がり、ワイヤロープが切れたり、橋の板が割れて落ちはしないかとビックリしました。すぐに飛んで行って怒鳴りつけましたが、吊橋に自動車を乗り入れる馬鹿者は聞いたことも見たこともありません。バックして引き返すと、左右に揺れて真っ直ぐに走れないだろうと咄嗟に判断し、自動車の前に私が立って、誘導しながらゆっくり渡したら、たくさんの人が集まっていることもあって、お医者さんは匆々《そうそう》に逃げました。事故もなく怪我もなかったのが幸いで、私もこれ程の馬鹿者を見たのは初めてでした。

車両通行厳禁の看板をかけ、長居無用と三次支店に引き上げたら、今度は岩国の方の帳簿検査に立ち合うよう命ぜられ、三次支店の大垰支店長に、「岩国支店の検査が終ったら田辺工務店を退職して東京に行くのでよろしくお取り計らいを」と依頼しました。岩国に行き検査に立ち合って、社長に退職を頼んでも許すはずもないので、無断で一人で東京に行き、新宿の富久町の新築バラックで、三部屋の家の玄関横の四畳半を借りました。英語の学習塾に半年くらいも通い、通訳の仕事でもしようかと思い、上京から一週間くらい経ったところで田辺社長宛に手紙を出したら、折返し電報がきて、未払いの給料もあり送別会もしてやるので、一度出社するようにとのこと。

呉市広に帰り出社しましたが、もう田辺社長も横田という奴は自分の手におえないとわかったようで、残っていた給料に割増をつけてくれ、送別会を開いてくれました。

下松の高橋さんの方には会社の方から支払いしたのでしょうが、私は一銭も支払いをせず、娘さんには、食事の給仕をしてもらう等の世話もかけているので、何がしかのお礼はしなければならぬと思っていました。送別会の翌日、下松の方に参りましたところ、大木さんから高橋の娘さんを貰ってもらえぬだろうかと言われました。なにしろ咄嗟のことで、今まで広の方で結婚話は大分ありましたが、下松の高橋さんの娘さんのことは、一度も話に出たこともなく、私自身真剣に考えたこともありませんでした。二十日近くも高橋さんの家（但し二階での寝起きと食事で）におりましたが、あまり娘さんと二人で話すことはありませんでした。さしあたって結婚話が一つもないところで、突然娘さんの話をされたのであれこれ比較する人もなく、高橋家での対応も礼儀正しく、余分な話しかけをされたこともなく、案外、そばにおられても楽な女性ではないかと思いました。それにたまたま新宿の私が下宿した家には、三人の娘と母親がいてどれかを私に押し付けようとする魂胆がみえみえでしたので、いっそ広島の方から連れて帰って驚かしてやれば、いろいろ説明する必要もないと、便利さと実用むきとが重なり、その場で「ではいただきましょう」ということになりました。私は今東京に四畳半の部屋を借りているので、いつまでも無断で空けておくわけにもいかないので、「三日後に私の家で結婚式をあげましょう」と言ったら、大木さんが「結婚式といえば女の方には色々支度があるので、一週間程時間を下さい」と言うことでした。「よろしいです。結納は家に帰ってから送ります。結婚式は十二月二十日」と決めて、その日のうちに横田家に帰りました。「お嫁をもらったよ。式は二十日だ」と言っても、私の家の者は誰も相手方の両親や娘さんに会ったことも、写真さえも見たこともありません。第一、母など本気にしませんでした。ようやく結納金を送って、仲人を前出の横田郡一氏に頼みに行ったところから、これは本当らしいと手分けして親類に連絡して準備にかかりました。十二月十九日に下松から、タンス等の嫁入り道具を積んだ車が来ましたが、結婚式の二十日の日は前夜半から甲奴村は大雪で、お昼過ぎには雪が三〇センチくらいも積りました。村の大通りに面した分家で、嫁さんは着付、髪結等準備して、私の家まで四〇〇メートルくらいの道を、近所の人に雪かきしてもらい踏みつけた道を下駄ばきで歩いて来ました。

忘れられないのは、その夜、隣町の上下町の青年数人が、私の家から東側三〇メートルくらいの所にある部落の神社で結婚式をしている最中に、神社の境内にある小さな社《やしろ》を二、三人でかついで来て、私の家の庭にそっと置いて近くに隠れておりました。私の家の者が気づき、お酒を二升くらい渡して元の所にお社をもどしてくれるよう頼んだようでした。

結婚式には親戚、組内の男性ら二十人くらいが集まりました。当時は清酒がたやすく入手できなかった時代で、半分くらいドブロクだったので、式の途中花婿の私が酔っ払って裏庭の雪の上に倒れていたのを、二階の花嫁の部屋にかつぎ上げられるという失態を演じたことを思い起します。

翌日は親戚の女性方、翌々日はお手伝いしてもらった部落の女性方への花嫁衣裳のおひろめと宴会が続きました。次の日やっと夫婦で柳行李《やなぎごおり》一つと、小さなトランク一つを持って汽車で熱海に向かい、予約もなしに赤尾ホテルに泊りました。

翌日の熱海から新宿に帰る切符を買うついでに、そばで売っていた年末売出しの宝籤《くじ》を買い、新宿区富久町の下宿に帰りましたが、宿の人は何も言いませんでした。伊勢丹百貨店で、さしあたって必要な物だけ買って、ささやかな新婚生活を始めましたが、襖一枚向こうには娘さんが三人いるということで、静かなものでした。

暮の二十八日かに宝籤の抽選があり五千円が当たっていましたが、支払いは一月五日過ぎで、それを当てに買物をし過ぎかえって赤字になりましたが、それでも今でも、宝籤の購入は止められません。

希望の通訳になるための講習会は、いつでも入れるわけでもなく、三月過ぎまで待たなければならず、ぐずぐず日を過ごしているうちに、二月中頃、岩国警察から電報で出頭するよう求められました。これは長くかかるかもしれぬと、荷物をまとめて甲奴の実家に送り、家内を連れて岩国に行きました。岩国の工事関係について聞かれましたが、私は帳簿整理をしただけで、現場や仕事の内容もくわしくは知りません。オーストラリアから来ていた進駐軍の看護婦さん一〇人くらいが、艦で帰国する時、艦のデッキで坐る十脚くらいの安楽椅子を他の名目の工事名で作らせたのを岩国警察へ誰かが報告、警察が仕事をした田辺工務店にクレームをつけたようで、私が岩国警察に行き、「米軍に話してオーストラリアから看護婦等も呼び返さなければならぬ」と言ったら、岩国警察もそんな大きくなるとは考えなかったようで、かえって警察が困って（私はそこがつけめだった）「もういいです」と無罪放免となりました。納まらないのは私の方で、「電報で東京から呼びつけて、宿はどうしてくれるんだ」と言ったら、署長が「留置場なら空いています」と言うので、それなら「まだそんな所に泊まったことがないから泊めてもらおうか。後で米軍に話してあんたらの首が飛んでも知らんぞ」と言ってやりました。すると今までの横柄な態度を改めて、「いや宿を取ります」と言ってあやまりました。少し待って旅館に電話をかけて、予約しようとしましたので、昨年来てお世話になった所もあるからそちらでも尋ねてみるからと言って別れましたが、まだこの頃は、進駐軍が一口からむと誰も恐れたもので、進駐軍と親しく友だちになっていれば、便利なこともありました。

田植の始まる頃、家内は百姓の経験がなく何の役にもたたなかったので、五月に東京に出て世田谷区下馬三丁目の畳屋さんの六畳一間の二階を借りました。この頃、住宅金融公庫法が成立。八月頃だったか第一回の抽選があるという新聞記事を読み、その公庫申込受付代行を都《みやこ》住宅という会社が始め、従業員募集をしているのを見て、日銀近くの日本橋の鉄筋の建物の二階に開店したのを知り、応募して採用されました。何せ家内のおなかも次第に大きくなり、何とか金儲けしなければと東横線の学芸大学駅前の靴修理店（一坪程の土間）の横に机を一つと椅子を置き、ワラ半紙に毛筆で住宅金融公庫申込代行都住宅と書いた紙を電柱に貼って、お客さんを集めました。当時のやり方は建築場所、敷地坪数（購入する場合、融資を希望する坪数並びに金額）、家屋の建築坪数等を記入して申し込みをし、申し込み者の頭金が不足する者には、月々三千円を都住宅に積立てれば、公庫融資金とは別に都住宅が不足資金を融資するという方式を採用していました。

一軒申し込み受け付けをとると、第一回の掛金三千円が私たちの手数料となりました。七月の抽選前までに十数軒申し込み受け付けを取りました。ところが会社の重役さん方を見ると、数字に暗そうな元軍人の少佐や少将クラスの人が、四、五名いるのではないかと思われました。そこで専務さんというのが、たまたま川崎市の宮前区にお住まいで、私の帰る方向とやや似た方向なので、前もって了解を取付けて、日曜日に自宅にお伺いしました。そこで私は申し込み者が二〇〇人も、三〇〇人も多いと頭金の立て替え額が多くなるが、その資金の出所はどこの銀行ですかと聞くと、いや抽選で当たるのは多くても十名中三名くらいだから、毎月の集金で充分間に合うとの説明でした。私は十名中八名くらいが抽選で当たったら、土地や資金手当がいざとなってつかなくなるのではないかと申し上げ、専務さんと私と意見が大分分れました。

私は募集を躊躇し、まず抽選の結果を見ようと待ちましたら、私の予想した通り十名中八名くらいが抽選に当りました。

私は専務さんに会社で会い、私が受注した人たちの分は、私が責任を持つから任せてほしいと了解をとりました。そこで順次家々を廻って、家を建てる土地、予定の家の図面、坪数、建築資金の準備状況を聞き、都住宅の状況を話し、都住宅と同一条件で私に請負わせてほしい、もし金を先に払うことに危険を感じるようなら、その時々の家の仕上り具合を見て、仕上りの範囲内で支払ってくれればよいという条件にしたら、実際着工させてくれた家が三軒ありました。土地の資金手当がつかず中止する人がほとんどでした。

私が着工した三軒も、土地が準備できたのは一軒で、それも既にバラックを建てている所に、本建築をするものでした。

残り二軒の土地探しもしました。私が部屋を借りている学芸大学東側の外塀沿いの道路に面して郵便局があり、その郵便局の局長さんが大地主で、大学西側に八百坪くらいの土地を持っておられて、それを四百坪ずつの二つに分けて、海軍と陸軍の佐官級の将校二人に、貸しておられました。しかし、太平洋戦争で、学芸大の校庭の西側塀一杯にくっつけて建てていた学生寮に爆弾が落ちて寮が全焼、寮の西側塀沿いの道路を越えて、道路沿いの郵便局長さんから借地して建っていた二人の将校さんの家も全焼して垣根の植木だけが残っていました。私は郵便局長と話して、半分の四百坪を測量して分譲するから任せてほしいと頼み、了解を得てトランシット、巻尺、ポール等を購入し、私自身が測量し、杭を打って、北側から八十坪、六十坪、四十坪と三区画を作り(日陰の方から売るもの)、八十坪を山内さんが購入、四十坪を大内さんが希望、残り六十坪を私の次年度申し込みに残しておきました。

山内さんは、電球製造工場の役員だったようで、多少自己資金をお持ちだったので、すぐに区役所近くの代書屋さんの大坪さんに依頼して建築許可申請にかかりました。大内さんは、私が存じ上げている目黒区八雲在の黒木さんの物置を借りていて、衆議院事務局勤務で、勤務先の配給品の反物三万円分くらいを分割払いとして支払いました。私はといえば次の公庫申請で抽選で当たったら支払う約束でした。

郵便局長(下馬三―二八番地)の梅沢利兵衛さんも、私が工業学校土木科出身とはご存知なく、私が測量し支払いの分割手続きまでできるとは意外だったようです。

十月始め、妻の出産が間近になり、黒木さんのおばさんの紹介で、大田区の洗足池公園側の産婦人科病院に夕方五時頃入院しました。間もなく出産ですと言われながら、待合室とお産の部屋の間を、五、六回往復。十二時半頃、昼間の労働で疲れて寝ていたら、赤ちゃんは十二時五分くらいに生れたようで、看護婦さんが赤ちゃんに産湯を使わせた後だと思いますが、私を起しに来て、貴方は平気で寝ていたんですねと言われましたが、いや、さすがに心配しながら寝ていたとは言えませんでした。

一週間くらいして自動車で退院、荷物は大内さんに頼んで、リヤカーで運んでもらいました（まだこの頃は入院に布団が必要でした）。

退院して帰った日の夜九時頃、赤ちゃんが泣かなくなり、母親のオッパイも力強く飲まなくなり、次第に冷たくなっていくようなのに驚き、私が毛布に赤ん坊をくるんで、道路は斜向《はす》いのお医者さんに走り込みました。大人の親指くらいな赤ちゃんの腕に、大きな注射針を差込むのを見た時、自分が替ってやりたい思いが強くしました。この気持ちが親子の絆《きずな》と言うものだなと思いました。抱いて帰って、湯たんぽと近くの薬局屋さんが貸してくれた水枕にお湯を入れて、赤ちゃんの両脇《りょうわき》に入れて寝させたら、しばらくして泣き声を出したので、お乳をやり危機を脱しました。年寄りがそばにいない新米夫婦は、周囲の人に心配や、ご苦労をかけながらの旅立ちでした。

赤ちゃんを見てもらって二日後に、道路斜向いのお医者さんが治療費の請求にみえました。治療費は千五百円で、幸いにもそれだけの金を持っていたので、すぐに支払いできましたが、赤ちゃんが死んだら払わないだろうとか、夜逃げされてはと心配されたのでしょうか。貧乏とはこうもみじめな扱いを受けなければならぬものかとか、また赤ちゃんが助かったのだから相手は神様だとか、人によって郵便局長さんのように、何十万の土地代でも、公庫から融資金が出るまで利息も取らずに待って下さる人もいるのに、とか色々なことを考えました。

工事は、太田の大工さんに新築図面を渡して、材料の材木を太田で購入してもらい、そちらの大工さんに建前までの木組み仕事をしてもらい、こちらで基礎工事をしているところに、それをトラックに積込んで大工さんと一緒に東京に来てもらい一週間くらいの滞在で建前をし、その後東京の大工さんに造作をしてもらうという建築方法をとりました。

私も父が自分の家を作るのをそばで時々見て育ったというだけで、大工見習いに入ったこともなく、建築部材の名称ばかりでなく、大工さんの使う道具の名称さえ、ほとんど知りませんでしたが、昔の人が言うように、習うより馴れよで、建築の仕事現場に朝から晩までいれば、それぞれの名称や、それらの役割など気の持ちようで、一日に三つなり四つくらいは覚えます。

この建築方法に習って、山内さん、大内さん、私という順に工事を依頼しました。

次の申し込みが一月にあり、私も申し込みましたら当たりました。当時の住宅金融公庫は、東京では日本橋一カ所でした。私が参りましたら、受付所の上の方に職員の名札が掛けてあり、次長の所に「井上正夫」とありましたので、私が海防艦二二一号に乗組んでいた時の、機雷長の名前も字も同じなのに驚き、「井上さんはおいでですか?」と聞くと、「今日は生憎《あいにく》出張中です」とのことでした。私が海防艦で井上さんと一緒だったと言うと、その職員は「そうですか」と言っていました。私が融資を申し込んだ土地は、閑静で足の便もよい所で、坪千五百円くらいしますので、六十坪で七万二千円くらいお借りしたいのですがと言ったら、すぐによろしいですと言われ、家の十五坪分と共に承認してくれました(井上さんはその後建設局長になられました。何せ東大出身とのこと)。

借入契約の時は、保証人に東眞理さんのご主人の東秀彦さんになっていただきました。

今、この時買った土地六十坪が一億円近くしていて、そこに建てたアパートに五世帯入居しています。

二月の雪の降る中で、基礎工事は近所の梅沢さんという植木屋さんに手助けしてもらい、学芸大学の中にあった焼けた建物の基礎コンクリートの毀《こわ》したものをもらって使いました。屋根は近くのセメント瓦を製造していた川端瓦店で買い、私一人でリヤカーに乗せて、坂道でしたが三百メートル足らずのこと、運んで梯子を屋根にかけて、五枚ずつくらい一人で屋根にかつぎ上げました。前年に山内さん、大内さんの家の工事で、屋根屋さんの仕事を見て覚えていたので、自分一人で葺きました。

屋根で瓦葺きをしているところに、都立大近くの、大内さんに物置を貸していた東眞理さんが、サントリーのポケットウイスキーを持って、激励に来て下さって、喉《のど》が乾いていたため、屋根の上に腰をおろして一気にラッパ飲みをしたのを今でも思い出します。考えてみると、多くの人の好意に支えられて、今日の自分があるのだとしみじみ思います。

家が完成して、畳屋さんの二階から引っ越したのは、昭和二十六年の五月二十七日でした（昔の海軍記念日で、東郷大将がロシアのバルチック艦隊を日本海で撃滅した日でした）。

請け負った家や、自分の家を建てることに夢中で、次の仕事を受注する心配《こころくば》りがなかったので、引っ越した途端に仕事がなくなり、いささか疲れて家を売って田舎に帰ろうかと弱気になっていたところに、板橋さんが伊井さんという方が買いたいと言っているというので、売る約束をしました。家内は赤ん坊を連れて、「私は絶対帰らない」、家を売ったのにどうするのだと言っても「私は絶対帰らない、ここにいる」と言いはるので、これは赤ん坊と共に死ぬ積りかもしれぬと考え、まだ手付金ももらっていませんでしたので、伊井さんのところに急いで行って、取消してもらいました。家内と結婚して今年の暮で五十年になりますが、あれ程頑固に反対されたのは後にも先にもこれ一回で、今考えてみると、あの時家を手放していたら、今頃は自分の家が持てず、借家住まいかもしれません。

何日かして渋谷の東横線の改札口で、広島工業学校の後輩の安田さんと偶然出会い、下宿探しで東横線沿線を探したが適当なものが見つからず帰るところだとのこと、私は家を建てたばかりだと言って、一緒に私の家に帰りました。彼は私の家に下宿することになり、翌日中野までリヤカーで荷物を一緒に引き取りに行きました。

物や人が動くということは、時に附近をも動かすということがあるもので、間もなく続けざまに三軒の新築の注文がありました。それが皆学校の先生方で、自宅から遠い所もありました。経堂、狛江は近い方で、石神井というのを今地図で計《はか》ってみると、直線で三〇キロくらいですから、道路を歩けば四〇キロ以上になります。自転車の後にリヤカーをつけ、家の基礎コンクリートの型枠を乗せて、石神井を日の暮れた六時頃出て、下馬の自宅に帰る途中、道端の一杯飲屋で小さなコップでウイスキーを三杯飲んだら、自転車をこぐのにすねの所がガクン、ガクンして、なかなか上手に踏めず、下馬に帰ったのは十二時すぎだったことを覚えています。

　経堂の小田急の分譲地では、建主さんが同じような分譲地の道路の一つを間違え、自分の買った土地ではない他人が買った所に建てさせ、完成して引っ越されて一カ月くらいして気づかれ、周囲が空《ア》いていたので、家を引いて買われた所に移すということもありました。

　間違われた方が続きの二区画を買われていたので、交換というわけにはいきませんでした。

私はこの頃世田谷区弦巻町に大きな三階から四階建ての集合住宅が建設されているのを知りました。まだこの頃は珍しいことで、興味深く眺めて通っていましたが、それらが粗方《あらかた》完成し、入居者が入るようになっても、周囲に一向《いっこう》お店ができないので、団地の人々の利便のために、団地入口の三叉路の所にお店を建てれば、団地の人々が喜ぶだろうと考えました。私は自分がまだ三十歳そこその若造で、文無しの自分の身分も忘れて、この土地の持主で元庄屋さんで大地主の鈴木さんというお偉い方という地位も考えずに、誰の紹介もなしで、手ぶらで鈴木さんの大きなお屋敷にお伺いしました（庭の中程に掘り抜き井戸のある変った家だなと思った記憶がありまず）。幸いなことにちょうどおじいさんが縁側に居られました。そこに私も並んで坐り、公団住宅の入口の角のお宅の土地にお店を建てて売りたいのだが、お願いできんでしょうかと頼みました。おじいさんはそれはいい考えだ、どれくらいかねということで、二十坪くらいと申し上げました。今の弦巻四丁目二十五番地の一角は当時はまだ山で、一かかえもある松などがたくさん生えていましたので、おじいさんが、私が希望する所を一緒に見に行って下さって、お店を建てるには、木を切って、道路と平らになるまで土を取らねばならないが、それは私がしてあげようとおっしゃいました。私は大きな木を切ったり、土を取るなどしたら値段が高くなるだろうと心配になり、値段はいくらくらいでしょうかと尋ねたら、二十坪で十万円で、建てた店が売れてからでよいとおっしゃって下さいました。

一番最初に完成した角店《かどみせ》は、河合博之さん和子《カズ》さん夫婦が買ってくれ、半額即金で残りは月々の月賦払いだったと思います。菓子屋さんを経営したのでしたが、先日久し振りに、店を譲渡して引退された奥さんの実家近くという千葉県東金市の方にお電話してお聞きしましたら、即座に奥さんが弦巻のあそこを開店したのは、昭和三十一年の三月三日のことで、喜久屋さんの店に続いて私が建売した五軒の店と住宅一棟の名前が、口から一気にすらすらと出てきました。それ程親しくしておられたのだと思います。

喜久屋さんが引退しているため、店を譲渡した時期は聞き洩らしましたが、ＮＨＫが取材に来る程で、二十坪が一億円とのうわさでした。

当時喜久屋さんに続いて、薬局の八木さん、木下さん、箱屋の坂本さん、呉服屋の清水さん、清水さんが転出された後に赤尾さん、と次々に店ができました。その次は高くなった奥への入口で、その奥の土地は道路より大分高かったので、私が建売住宅を建てました。薄鉄板葺きの屋根を私の好きな赤色に塗り仕上げたところ左翼の家だと評判になり、一カ月経っても買手がつかないので、三十四年の十一月三日（当時の天長節だったと思います）に、下馬の住居を貸アパートにして建売住宅の方に引っ越して来ました。ところが引っ越して半年くらいして、今の昭和女子大の寮のところにあった大久保歯車の社長さんが、私の家をお買上げ下さり、私も一カ月で明け渡すということにしました。すぐ隣の奥の地所を鈴木さんにお願いしてお借りし、基礎打ちして一部を天幕張りにして荷物を入れ、近くの遠藤さんの物置を借用、大急ぎで新しい家を仕上げたわけですが、それが私たち夫婦が現在も住んでいる家で、あれから四十一年になります。

大久保さんは全額現金だったので、私の家を仕上げる金と少し余った金で、世田谷区上用賀に五十坪の作業用の土地を借りました。地主さんが自宅の一部のような所故、貸すことはよいが売らないとのことで、止むを得ず借地で建築作業場にしていましたが、昭和六十四年に、地主さんの了解を得て、嫁いだ娘たちの家の敷地として、娘たち夫婦の家を建てました。今振り返ってみると、下馬の郵便局長の梅沢利兵衛さんといい、弦巻の鈴木義孝さんといい、私のような貧しい小者で、金もない者に、どうして一度も怒られることもなく親切にして下さったのが、不思議でなりません。若造で金もないのに、よくもずうずうしくお願いをしたものです。それを受け入れて下さったお二人に、今どうお礼の言葉を申し上げればよいのか迷ってしまいます。うそを言わず、正直に約束を守ったことは、今の私の貧乏をご覧いただければ御理解いただけると思いますが、ただ私には皆さんに御披露して誇れるものが一つあります。それは二十三回の海外旅行と、その旅行のたびごとに書いた旅行記と記念写真、さらに三回の回顧録です。これらの費用は主に皆下馬の家を貸して得たものでした。

著者プロフィール

横田 一萬（よこた かずま）

大正9年広島県に生まれる。

わが回想の記

2002年3月15日　初版第1刷発行

著　者　横田 一萬

発行者　瓜谷 綱延

発行所　株式会社文芸社

〒160-0022　東京都新宿区新宿1-10-1

電話　03-5369-3060（代表）

03-5369-2299（営業）

振替　00190-8-728265

印刷所　株式会社平河工業社

ISBN4-8355-3434-4 C0095